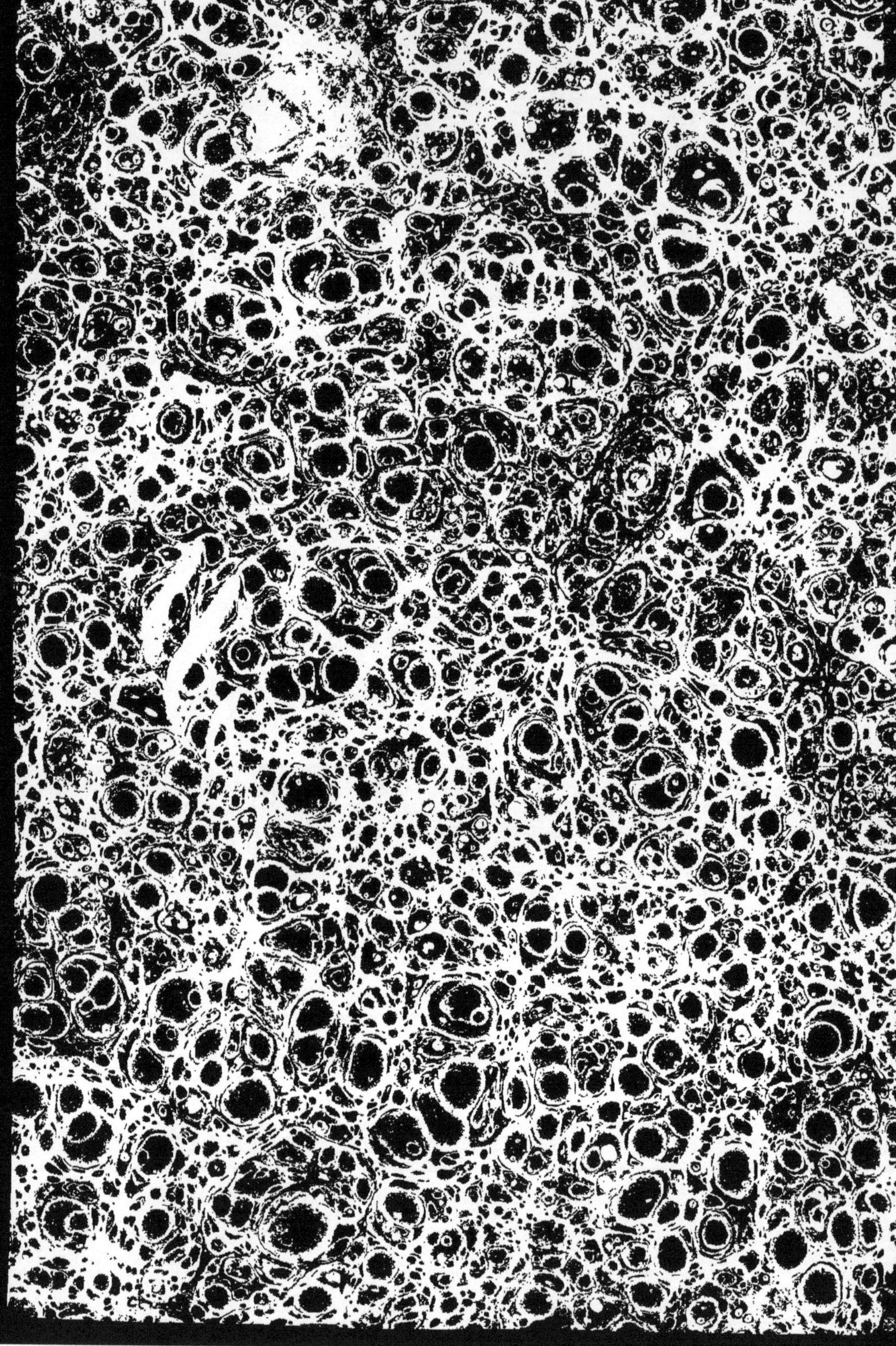

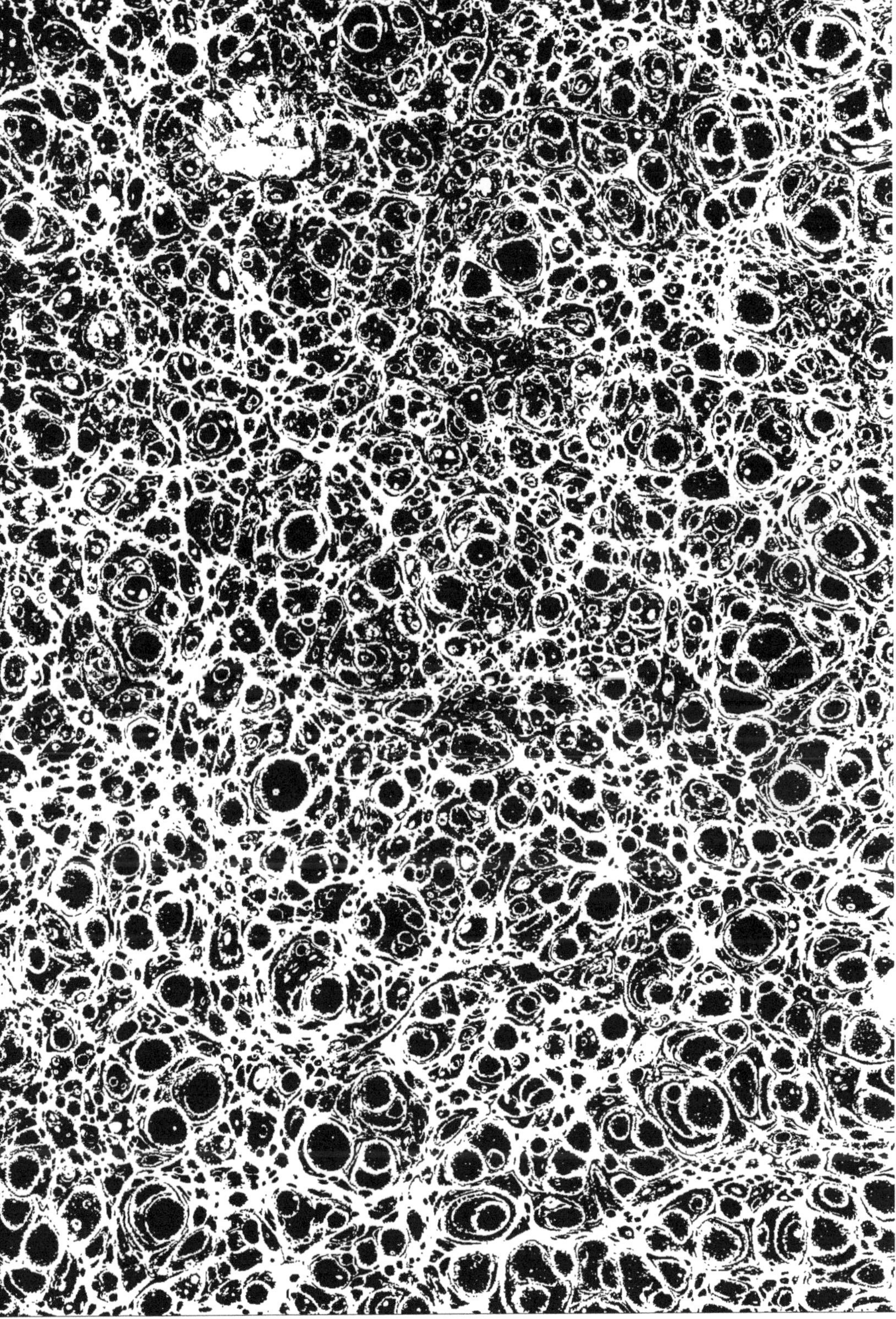

UN
LIVRE
EST UN AMI
QUI
NE CHANGE
JAMAIS

FABLES
ET
ŒUVRES DIVERSES,
EN VERS;

PAR MAXIMILIEN-EMANUEL-CHARLES
MALON Mis DE BERCY.

Imprimées par son Fils, âgé de onze ans.

. . . . exemplaria patris
Nocturnâ versabo manu, versabo diurnâ.

TOME PREMIER.

A PARIS.

1791.

A MES PARENS.

Comment ! Allez-vous dire, le nom de Charles MALON à la tête d'un livre ! Notre Neveu, notre petit Cousin devenu Imprimeur ! Ceci est une énigme pour nous....... — Je le conçois, mes chers Parens. Aussi je me hâte de vous en donner l'explication.

Mes Camarades et bons Amis M de PRASLIN et de MONTESQUIOU avoient reçu pour leurs étrennes de petites imprimeries anglaises, avec les quelles on peut composer quelques lignes. Ce fut pour eux un grand plaisir, qu'ils ne tarderent pas à me faire partager : Après m'en être amusé avec eux, je témoignai assez clairement à mon Abbé le desir d'en avoir autant. Toujours empressé à satisfaire mes goûts, quand ils sont raisonnables, il chercha, sans m'en parler, les moïens de me faire jouir plus completement et d'une maniere plus utile. Il fit faire, sur le modéle des cases des Imprimeurs, de petites cases, où tout est parfaitement semblable pour les proportions. Bref c'est un diminutif d'imprimerie. Je n'en ai rien sçu, qu'au moment où le tout m'a été apporté. Aussi jugez quelle surprise agréable pour moi ! Il en a même fait les avances que je lui rembourse sur mes menus-plaisirs.

Mais il falloit sçavoir en faire usage; Et cela demandoit un apprentissage. Comme le Renard de la fable,

D'abord je m'y pris mal, puis un peu mieux....

Enfin, graces aux soins de mon Abbé, (Vous devinez bien qu'il ne nuit pas au succès de mon ouvrage) j'ai pu faire une entreprise qui flatte mon cœur infiniment, et je goûte la double satisfaction de connoître à fond les productions de mon Pere, que je n'ai pu hélas! connoître autrement, et de les offrir à des Parens à qui il fut cher. Puissé-je, en vous les mettant sous les yeux vous rappeller que vous l'aimiez, que son fils brûle de lui ressembler en tout, et d'hériter des bontés que vous aviez pour lui!

Comme c'est uniquement pour vous que j'ai imprimé cet ouvrage, dont j'ai tiré 30 éxemplaires, je suis pressé de retirer le fruit de mes peines, et je prends le parti de vous l'envoïer par petits cahiers. Car ne pouvant y emploïer que le temps de ma récréation, il sera de longue haleine, d'autant que je n'ai de caracteres que pour 4 pages à la fois. D'ailleurs je craindrois de perdre courage, si je n'obtenois de vous l'assurance que ma qualité d'Imprimeur ne vous déplaît pas.

A Paris ce 26 Mai 1791.

CHARLES MALON.

FABLES NOUVELLES

MISES EN VERS.

FABLE I.

LES DEUX RIVES.

Certain Fleuve majestueux
Recevoit dans son lit vingt sources vagabondes,
Et tombant sûr le roc dans son cours tortueux,
Dispersoit, en fuiant, les perles de ses Ondes.
Sa Rive gauche murmuroit:
Peut-on, se disoit-elle, être à ce point prodigue?
Le gravier, le gazon, tout ce qui me paroit,
N'a pu contre ses flots être une sûre digue!
Me disperser ainsi, c'est dissiper son bien.
Et pourquoi faire encor? Je n'en sçai rien.
On entendoit plus loin une autre voix plaintive:
Je me trompe, ou c'étoit celle de l'autre Rive:
Eh! Quelle raison peut forcer
Un Fleuve aussi considérable,
S'écrioit-elle, d'entasser
Et les coquilles et le sable,
Dont chaque jour le poids m'accable?
C'est avarice pure, à ce qu'il me paroît:
J'offre pourtant un bord inépuisable.

Nous ne jugeons d'autrui que par notre intérêt.

FABLE II.

Les deux Voisins.

Un possesseur avoit, à sa Gentilhommiere,
Substitué le plus beau des Châteaux;
Fait des cascades, des canaux,
En détournant une foible riviere;
Formé des potagers, des terrasses, planté.
Son héritage étoit un domaine enchanté:
Nul autre lieu n'avoit droit de lui plaire...
Arrive un ordre de la Cour,
Qui vous l'enferme dans sa terre,
Mais sans y limiter le temps de son séjour.
Il n'avoit point passé la premiere semaine,
Que son Parc, son Château, tout lui parut affreux.
Jugez s'il étoit malheureux,
Avant la fin de la quinzaine!
Tandis qu'il se lamentoit,
Famille, amis, chacun sollicitoit
Son voisin de chasser une antique Maîtresse,
Boiteuse, noire, louche, aigre, fausse, en un mot
De Lucifer le vrai ballot;
Mais qu'il aimoit avec une extrême tendresse.
Sans fruit on lui peignoit ses défauts tous les jours.

Point de belle prison, point de laides amours.

FABLE III.

LA JEUNE FILLE, LE JEUNE HOMME, ET LA ROSE.

Au tendre objet d'une flamme sincere,
Un jeune homme courut offrir
La rose qu'il venoit à l'instant de cueillir.
» C'est ton image, elle a droit de te plaire »
Dit-il avec transport. Zélis en rougissant
Accepta le bouton, mais gronda son amant....
De quoi vous plaignez-vous, dit la rose nouvelle?
L'éloge est juste, et Lindor a raison:
Ne grondez point, Mademoiselle;
Nous gagnons toutes deux à la comparaison.

On n'entendit que cette fois, dit-on,
Une beauté louer une autre belle.

FABLE IV.

L'OURS ET LE CERF.

Quoi! Ne perdrez-vous pas cette farouche humeur,
Qui vous rend si souvent un objet redoutable?
Disoit un Cerf léger à l'Ours le plus traitable,

Mais qui pourtant inspiroit la terreur.
Pour exprimer quelqu'un d'inabordable,
Les humains disent » c'est un Ours «
Tandis qu'ils comparent toujours
A l'innocent Agneau tout caractere affable.
Aussi voyez quelle bonté,
Et quelle égale aménité
Rendent Agnelet respectable!
Un seul Mâtin guide et retient aux champs
La cohorte des siens la plus considérable:
Par une main grossiere il laisse, tous les ans,
Enlever, sans éffort, sa toison secourable.
Je ne conteste point, repart le montagnard,
(Quoique messieurs les Ours, quand on veut
les confondre,
Par des raisonnemens ne sachent point répondre,)
Je conviens qu'à certain égard
Il ne seroit pas mal de nous refondre.
Mais pour mieux établir cette nécessité,
Sans offenser Robin que vous avez cité,
Il faut, s'il vous plaît, qu'on m'apporte
Un éxemple d'une autre sorte;
Qu'on me dise » un Lion fut benin certain jour;
» Un Tigre caressant sut se faire une cour;
» Une Hiene cruelle-abjura sa rudesse. «
Et non pas » Agnelet est sans fiel, sans aigreur.»

De quel mérite est la douceur
Que l'on ne doit qu'à la foiblesse?

FABLE V.

FABLE V.

LE VILLAGEOIS.

Qu'on calcule, qu'on apprécie
Tous les projets qu'on forme dans la vie,
C'est le curé qui sur son mort-comptoit,
Et la fable du pot au lait.

Un jour sous un épais feuillage,
Pierrot avoit pris un oiseau.
Il le cacha sous son chapeau;
Puis il vole au prochain rivage,
De joncs, d'osiers faire un faisceau,
Afin d'en construire une cage.
Sur ce butin réfléchissant,
Pierrot dit: j'en ferai présent,
Pour un doux baiser, à Nannette.
Ah! si je l'obtiens une fois,
J'en prendrai deux, j'en prendrai trois.
Que ma cage n'est-elle faite!
Enchanté d'un projet si beau
Il revient avec son faisceau.
Amour rend sa course rapide;
Quelle douleur! un vent perfide
Avoit retourné le chapeau.
Adieu les baisers et l'oiseau.

FABLE VI.

LA VISITE.

Ceux qui ne parlent point, avant d'avoir pensé,
D'une fable, à coup sûr, vont me déclarer pere.

Nommons donc les acteurs, c'est chose nécessaire.
L'un est le Marquis de Crancé;
L'autre au visage rond, très frais, très sûr de plaire,
Est l'Abbé de Pompon, mais Abbé sans bréviaire....
Ils s'en vont chez Delphis, femme jeune et légère.
Complimens à la porte : eh bien! Marquis, passez.
—Moi! je n'en ferai rien—Ni moi, je vous assure,
Je resterai plutôt jusqu'au soir — Avancez,
Vous êtes le plus près, l'Abbé, je vous conjure.
—Vous le voulez?—Sans doute.— Allons donc. Pour conclure,
Ils entrent chez Delphis par la Fleur annoncés.
On se leve (le cercle étoit considérable)
Mollement d'un fauteuil comprimant le duvet,
Delphis du pied touchoit à-peine un tabouret;
Vingt plumes se jouoient sur son pouf agréable:
Un tambour auprès d'elle, à la main du filet;

Sur les genoux de leur maîtresse aimable
Étoient deux petits chiens, Miss, et Croquignolet.
L'Abbé fait une révérence,
En balançant son buste avec grace plié;
Puis brusquement se redresse, s'élance,
Effleurant le parquet de la pointe du pied,
Pour répéter plus loin ce geste étudié.
Mais Miss accourt, aboye, et Croquignolet danse:
Plus moïen d'avancer un pas;
Ils font un bruit à ne s'entendre pas.
L'Abbé veut de la main leur imposer silence;
Mais Delphis aussitôt: » le maudit petit chien!
» Miss?... l'Abbé pardonnez... Eh bien!
» Paix donc, Croquignolet!... Miss, venez ici vite.
» Bon jour, Marquis ... paix donc!... c'est à chaque visite
» Toujonrs le même train: je vais les renvoyer.
Pourquoi, repart l'Abbé? laissez les aboyer;
Ils sont délicieux: Miss baisez moi petite.
Voilà Miss dans ses bras! -- » Vous me faites trembler,
» Si Miss vous échappoit! Ciel! Mettez la par terre:
» —Au carreau. C'est à désoler!
» Couchez là, Miss, il faut vous taire.»
Pendant ce temps, l'Abbé pirouettant au miroir
S'est vingt fois retourné, pour vingt fois s'y-revoir.
Delphis d'un ton badin qu'un sourire accompagne:

» Depuis mille ans, qui vous a retenu,
L'Abbé ? Qu'avez-vous fait ? Qu'êtes-vous devenu ?
— Moi ! J'arrive de la campagne.
— Par ce chaud-là ! L'on y devoit mourir ;
Nous étouffions ici : Je n'y pouvois tenir.
— Mais depuis le dernier orage
L'air est très rafraîchi, Delphis. — Oui ce nuage
(Regardez) pourroit bien encor changer le temps:
Quelle pluie avant-hier ! Ah, que j'ai plaint mes gens !
J'allois à l'opéra, c'étoit jour de ma loge.
Votre habit est charmant, Marquis.
— Vous trouvez ! Trop heureux, s'il obtient votre éloge !
Et vous, ces glands, ces nœuds, du Beaulard ! C'est exquis.
— Marquis, parlons de Laure: ah ! comme elle est fanée !
D'ailleurs elle se coëffe épouvantablement.
— Point de Compiégne cette année,
Demande quelqu'un ? — Non — Très sûr ? — Décidément.
— C'est vrai, reprend l'Abbé. Mais le Kain ! ah ! Madame,
Est-ce qu'en l'écoutant, Delphis, vous respirez ?
L'autre jour !... Quel Acteur ! Que de chaleur ! Que d'âme !
Comme il a dit ce vers : » Zaïre, vous pleurez ! »
J'en

J'en étois hors de moi. — Moi, l'Abbé, j'en raffole.
Puis au Marquis adressant la parole:
Mais à-propos, Marquis, oh! le tour est charmant!
— Comment, Madame? — Et cet engagement?
On doit compter sur vous! vous avez beau promettre,
Vous êtes papillon, papillon à la lettre.
Allez-vous me nier la réponse au billet?
On vous prie à souper; Vous l'oubliez tout net.
— Des affaires.... — J'y crois: votre liste est immense!
Voïons, que faites-vous ce soir?
— Je viens de m'engager, j'en suis au désespoir.
— Mais il faut donc s'y prendre au moins un mois d'avance?
Dimanche êtes-vous libre? — En honneur j'en rougis!
Toujours vous refuser!... Mais je vais à Versailles.
Demain on vous verra, Madame, chez Damis?
— Non. — C'est nous traiter mal. — J'use de représailles....
Florisse entre; Crancé, sans poser le talon,
S'échappe; l'Abbé suit; Delphis debout s'écrie:
» Quoi vous fuyez! » — Crancé se setournant: » pardon,
» Ne prenez pas garde à nous, je vous prie. »
En achevant ces mots, ils sont loin du salon.

C'est ainsi qu'on jargonne en bonne compagnie.
Quant à moi, je dirai, prêchant pour la raison :
» Un peu plus de bon-sens, un peu moins de bon ton. »

FABLE VII.

LE PRINCE ET LES ABEILLES.

Tout est dans la nature objet d'instruction :
C'est un livre où l'on peut puiser mainte leçon.
Grands et petits, pour-peu qu'on l'étudie,
Y trouveront des régles pour la vie.

Un Prince éxaminoit une ruche d'abeilles
Pour la premiere fois, et cette nouveauté
Lui parut une rareté :
Jamais rien à ses yeux n'en offrit de pareilles.
Il admiroit leurs soins, leur police, leurs loix,
L'ordre de leurs travaux, leurs différens emplois,
Leur palais, comment sont leurs cellules baties.
Les unes y versoient le nectar apprêté ;
D'autres portoient les fleurs qu'elles avoient choisies.
La paresse et l'oisiveté
De cet état étoient bannies.
Il vit avec étonnement
Que tout étoit réglé, les fonctions, le rang,

Sans confusion, sans méprise.
Une Abeille vit sa surprise;
Notre ouvrage vous réjouit!
Il est, dit-elle, encor plus utile, il instruit.
Selon les loix de cette république,
Tout citoïen se doît à la chose publique;
On n'y voit point de fainéans :
Les places sont le prix du travail, des talens;
C'est le mérite qui les donne.
D'être utile à l'état chacun ambitionne;
Le bien commun est l'étude de tous.
Ah! puissiez-vous être un jour comme nous!

FABLE VIII.

LE LION AGRICULTEUR, ET SES SUJETS.

Sire Lion régnoit avec sévérité,
Ou, pour mieux dire, avec justice;
(Car la régle a souvent l'air de la dureté,
Tant est susceptible le vice!)
Tout bon projet étoit cher à sa majesté.
Un Sujet occupé du bonheur de l'empire,

De sa richesse, et sa splendeur,
Trouva le grand secret, des secrets le meilleur,
Celui de faire à la terre produire
Fort au dessus de la valeur
Que communément on en tire,
A moins de frais encor! Cela devoit séduire.
Le Comité l'avoit avec raison jugé
Utile au Prince, au peuple, à tous propriétaires;
Mais semences, labours, tout se trouvoit changé.
On a peine à détruire un ancien préjugé,
Et les méthodes ordinaires.
» C'est ainsi que faisoient mes peres »
Répond un Idiot vainement engagé
A profiter des nouvelles lumieres.
Aussi douceur, sage exhortation,
Mille essais répétés portant conviction,
Ne purent ramener l'indocile vulgaire.
Contre son intérêt on le voyoit buté.
Le Prince fut contraint d'user d'autorité.

Trop souvent pour le bien la force est nécessaire.

FABLE IX

FABLE IX.

LE JEUNE HOMME.

Vous vous rappellez bien le souriceau novice,
Qui vit un chat et revint au logis,
Charmé de sa douceur, de son air sans malice;
Vous savez, en nommant l'ennemi des souris,
Ce qu'apprit à son fils la mere la plus sage.
Il n'en crut rien. » C'est l'humeur, le mépris,
Se dit-il, qui la porte à tenir ce langage. »
Pour se rendre, il fallut qu'il y fût presque pris.

Certain Disciple ayant un docte Maître,
D'ailleurs du naturel le plus heureux peut-être,
Imaginoit que l'age, ou le chagrin
A son Instituteur dictoit ses Kyrielles,
Sur les Amis, sur les Grands, sur les Belles;
(Car c'étoit toujours son refrain.)
» Le masque d'un ami couvrir un Monstre horrible!
» Etre joué, trahi, perdu
» Par l'objet qu'on adore, et qui paroît sensible!
» En s'attachant aux Grands, à leur plaire assidu,
» Sans succès ne traîner qu'une chaîne pénible!
» Voir un Bouffon ravir ce qui vous seroit dû!
» Non, s'écrioit-il, non, cela n'est pas possible! »

D

Ah! Jeunesse, Jeunesse, ainsi vous vous leurrez!
Votre incrédulité sans doute est respectable;
Mais sous d'heureux dehors, à voir l'homme coupable
En vieillissant vous vous ferez.
Notre jeune homme enfin débute dans le monde,
Jugeant d'autrui par sa candeur;
C'est sur ce qu'il croit voir qu'il s'étaïe et se fonde.
L'ami qu'il chérissoit lui fait une noirceur;
L'Amour, en l'endettant, lui donne un successeur.
Le Grand qu'il sert enfin, loin d'agir, l'abandonne.
Pour un bon cœur que de soucis cuisans!
Le voile tombe alors! Il étoit encor temps,

Nous rejettons souvent les avis qu'on nous donne,
Et ne nous éclairons jamais qu'à nos dépens.

FABLE X.

LA PIE ET LE CORBEAU.

Je n'aime point les gens tout cousus de mysteres,
Ils ne m'annoncent rien de bon.
Le grand jour ne déplaît qu'aux ames peu sinceres.

Eh ! Lorsqu'on marche droit, que redouteroit-on ?
Mais ce qui plus encor déplaît et contrarie,
C'est, je crois, la bavarderie.

Certaine Agasse en son chemin
Rencontre un Corbeau, son voisin:
On s'accoste — Bon-jour — Bon-jour de part et d'autre.
— La santé? — fort bien. — Et la votre?
— Pas mal. — D'où pouvez-vous arriver si matin,
Demande-t-elle? Et puis avant qu'on lui réponde,
Elle entame soudain
Ce qu'elle sçait sur chacun; tranche, fronde.
Tout y passe.... mais tout le monde!
Succéde encor ce qu'elle a fait,
Sans oublier ce qui lui reste à faire,
Ce qu'elle craint, ce qu'elle espére,
Ce qui la charme, ou lui déplaît,
L'exposé de son caractere;
Le bon mot qu'elle a dit, valant un long discours,
En telle occasion; Ses projets aux beaux jours,
Le sage emploi de la semaine....
Elle parle, elle parle, elle ne tarit pas.
A vous le raconter ici je perds haleine.
Jugez si le Corbeau d'écouter étoit las!
Comme il faut de Margot que la langue travaille,

Et qu'un bavard est confiant,
Elle ajoute en secret, que nul ne la voïant,
La veille, elle a trouvé dans un trou de muraille,
Certain fromage aussi rond que friand,
Qu'elle a mangé bel et bien, en riant
Aux dépens de son premier maître.
Qu'on devine qui pouvoit être
Ce Possesseur dépouillé lestement?
— Le Corbeau? — Lui précisément.
Aussi sa colere s'allume;
Sur la Bavarde il fond, la met en sang, la plume;
Bref la laisse pour morte. Elle tout trébuchant,
Criant, gagne un buisson. Sa douleur fut extrême,
Et sa honte le fut autant.

A force de parler, on se trahit soi-même.

FABLE XI.

LE VIEUX ET LE JEUNE LAPIN.

Sous sa voûte obscure et profonde,
Un Lapin à son fils aigrement reprochoit
Sa conduite un peu vagabonde.
(Le Patron étoit vieux: Notez que cela fait.)

La

La sagesse aisément s'allie avec les rides.
Quand par le temps tous les goûts sont usés,
Les esprits animaux dans des canaux arides
Font lentement mouvoir leurs ressorts épuisés.
» Je suis, je crois, ce que vous fûtes,
Repart gaiement ce fils respectueux,
» Je tiens de vous l'amour des plaisirs et des jeux;
» Je n'ai d'activité que celle que vous eûtes. »
La réponse étoit juste. A des soins différens
Chaque saison sans cesse nous engage.

D'ordinaire on oublie, en grondant ses enfans,
Ce que l'on étoit à leur âge.

FABLE XII.

L'AIGLE, LE PIVERT, ET LES OISEAUX.

Un Aigle, dont le vol se perdoit dans les Cieux,
Fixoit l'attention de la Gent empennée;
Elle paroissoit étonnée,
Et chacun ouvroit de grands yeux.
On vantoit à l'envi sa force, sa souplesse,
Sa légereté, sa noblesse,
Ses serres et son regard fier.

»Voilà, s'écrioit-on, voilà le Roi de l'air !
»Dans les plaines de Troye il ravit Ganimede;
»Il est chez les Romains le signe à qui tout céde,
»Et c'est enfin l'oiseau de Jupiter. »
Rien de mieux, dit soudain, mais du ton le plus aigre,
Tout en faisant beau bec, un Pivert assez maigre
Que l'éloge sembloit fort impatienter.
»Cet Aigle est un Phénix, Messieurs, à vous entendre.
»Soit; Mais écoutez le chanter :
»L'Aigle n'a qu'un cri rauque. » (il dut pourtant surprendre
Qu'un Pivert sur ce point osât tant insister.)

L'envieux voit toujours un défaut à reprendre.

FABLE XIII.

L'AIGLE DE JUPITER ET MERCURE.

Le souverain des Dieux chassa son aigle un jour,
Ancien serviteur, comme tous, à deux faces.
On applaudit, on blâma tour-à-tour.
Un autre lui succéde. (On est preste à la Cour.)
Là, la bassesse donne à tout le nom de graces.

Séjour où tant de loups se déchirent entr'eux;
Où rien n'est vrai, n'est sûr, où tout n'est que
grimaces;
L'impudence y récolte; On s'y moque des vieux.
Aussi, d'après cela, desirez y des places!
» Mourir n'est rien : C'est le pis que déchoir. »
A dit un illustre Poëte.
Le mot est juste. Au fond de sa retraite
Notre Aigle, malgré lui, ne laisse que trop voir
Ce qu'il regrette.
Envain il prône aux écoutans
La liberté, l'air pur, et le calme des champs,
Cette douce couleur qu'offre aux yeux la verdure,
Les parfums exaltés, le murmure des eaux,
Quand Zéphyr entouré de mille et mille oiseaux,
Les cheveux ceints de fleurs, vient rendre à la
nature
Ses perles, ses saphirs, ses rubis, sa parure.
On n'y croit pas : C'est le refrain
De tout disgracié qui voile son chagrin.
Son ame cependant et mâle et vigoureuse,
Au bout de quelques mois, prit si bien le dessus,
Qu'en songeant à l'Olympe il ne ressentoit plus
Une émotion douloureuse.
Mercure certain soir arrive tout-à-coup ;
Non, s'il vous plaît, à pas de loup,
Comme lorsqu'il projette un larcin, ou qu'il tente
De tromper un jaloux. Son entrée est bruïante :
»Roi des oiseaux, dit-il, sortez de ce rocher ;
»C'est vous qu'ici je viens chercher :

» Jupiter vous rappelle, et je tiens sa Patente. »
(C'est que le successeur étoit disgracié :
On l'avoit trouvé gauche ; Et quoique digne au reste
De ce haut poste à ses soins confié,
L'air gauche aux yeux des Grands est un tort manifeste
Qui fait qu'avec raison l'on est remercié.)
Est-ce un ordre absolu, lui répond soudain l'Aigle ?
— Non. Jupiter pour toi dérogeant à la régle,
Ne te commande point : Ainsi tu peux opter,
Ou de me suivre, ou de rester.
—S'il est ainsi, Seigneur, reprenez votre route
Sans moi ;
J'ai vu de près la foudre, et je sçais trop ma-foi,
Pour la porter, ce qu'il en coûte :
Toujours au Roi des Dieux également soumis,
J'offrirai mon encens dans ce séjour sauvage. ....

L'infortune fait plus que les destins amis ;
Ils ennivrent, elle rend sage.

FABLE XIV.

FABLE XIV.

LES DEUX AMIS.

Un Quidam d'un Ami reçoit un court billet,
Pour le presser, au cas qu'il soit possible,
De l'aider à païer une dette éxigible
Contractée en tenant la main au Lansquenet,
Par un revers inconcevable, horrible.
Non, Parbleu, je n'en ferai rien,
Se dit en lui-même notre homme ;
Tirer de presse un joüeur ! Voilà comme
On l'engage à perdre son bien.
Qu'il souffre, afin qu'il mûrisse sa tête :
D'ailleurs on revoit peu la somme que l'on prête,
Et le fruit d'obliger de la sorte un ami,
C'est, pour être païé, d'en faire un ennemi.
Ainsi, sous un prétexte honnête,
Il met Néant au bas de la requête.
Chez un second Quidam fut envoïé
Autre billet de même style.
Helas ! comme il s'est fourvoïé,
S'écrie, en le lisant, cet homme plus facile !
Mais qu'importe à mon amitié,
Dès que je lui puis être utile ?
Il répond au valet : Dis que chez lui je cours.

F

Il y court en effet : » Mon ami, sois tranquille ;
» Tu voulois cent louis ; je t'en apporte mille.
» Voici le plus beau de mes jours !
» Cependant fuis du jeu la passion terrible. »

La Raison calcule toujours ;
Mais rien n'arrête un Cœur sensible.

FABLE XV.

LES NAVIGATEURS.

Certains Navigateurs, après de longs travaux,
Oublioient au retour leur misere passée ;
Ils avoient vu briller, pendant la traversée,
Les favorables feux des célestes gémeaux.
Ennivrés du plaisir de découvrir la terre,
Et leur patrie, et leur berceau,
Ils n'apperçurent pas, tant la joie est légere,
Que le navire faisoit eau.....
Victimes d'Amphitrite on les vit disparoître ;
Tout s'abîma, matelots, bâtiment.

On touche au port, on y croit être....
Rien n'est à négliger jusqu'au dernier moment.

FABLE XVI.

LA RATE ET LES RATS.

La Volupté régnoit seule à Ratopolis;
On n'étoit occupé que d'amour, que de fêtes.
Le luxe avoit tonrné les têtes:
A l'armée, au Sénat, c'étoit tout Sybaris;
Nul ordre, nulle épargne enfin dans les finances:
Le Doge, fameux Calotin,
Et les siens, regorgeoient de richesses immenses;
Bref le gouvernement touchoit à son déclin.
Au milieu des erreurs publiques,
Une Cassandre dans les pleurs,
Prédisoit du Dieu Mars les fléaux destructeurs,
Cherchoit à réveiller quelques vertus antiques,
Vantoit aux citoïens l'austérité des mœurs,
Annonçoit des Voisins conjurans leur ruine,
L'état en cendre, démembré,
Catastrophe qu'avoit dès longtemps préparé
La corruption intestine.....
Mais rien ne put toucher les deux ordres de Rats:
Quand tout-à-coup fond sur la république
Certaine peuplade de Chats.
Voilà justifié notre esprit prophétique.
Comme au dépourvu l'on fut pris,

Que le peuple et les chefs n'étoient pas aguerris,
Que personne n'avoit ce courage énergique,
Qui dans les maux fait voir le remede, et l'applique,
Sous la griffe bientôt les Rats périrent tous.

A quoi sert de prêcher la raison à des fous?

FABLE XVII.

L'ÉCREVISSE ET SON FILS.

Jusqu'où va se loger la sotte vanité!
Une Écrevisse à la démarche lente,
Dont la prétention à paroître élégante
Annonçoit assez bien le génie hébété,
Pensa dans sa stupidité
Illustrer à jamais sa race,
En mettant son fils sur la trace
De ces gens arrivés à l'immortalité.
Elle appelle soudain vingt maîtres à son aide,
Ne doutant point qu'en peu de mois
Il n'égalât tout-à-la-fois
Homere, Le Poussin, Dauberval, Archimede.

Il étoit

Il étoit curieux de voir ce Candidat,
Cet habitant des eaux invoquant Polymnie,
A la toile voulant donner l'ame, la vie,
Cubant un nombre, ou battant l'entrechat.
L'Éleve après un an des études prescrites,
Ne sçavoit rien; Mais que fut-il? Un fat.

La Nature à chaque être assigne des limites.

FABLE XVIII.

L'ENFANT ET SA GOUVERNANTE.

Un Enfant pleuroit un moineau,
Victime du fatal ciseau.
Qu'eût-on voulu qu'il pleurât? Nos finances?
Sa Gouvernante entame un discours bel et beau,
Qui finissoit par ces impertinences:
Fi! Quelle enfance! Foible cœur!
C'est un oiseau de moins, voïez le grand malheur.
— Je l'aimois. — Vous l'aimiez! Cela se séchera.
Un autre le remplacera.
(Comme si l'on pouvoit remplacer ce qu'on aime)
Quoi! De nouveaux sanglots! Oh! Si je m'en croïois,
Je vous mettrois en pénitence.

Et que feriez-vous donc, Monsieur, si je mourois?
—Ma Bonne, je pleurerois.

Quelqu'en soit le motif, blâmer, traiter d'enfance
La sensibilité, c'est un grand tort, je pense.

FABLE XIX.

LE FILS D'UN FINANCIER ET LES TRÉSORS.

Un Financier mourant laissoit des millions
A son fils, jeune encor, sa plus douce éspérance.
Aboulcasem avoit des trésors moins immenses;
Lucullus n'auroit sçu, par des profusions,
Comment en tarir l'abondance.
Que ne peuvent hélas! toutes les passions
Dans leur premiere éffervescence!
Gros jeu, valets, chevaux, équipages, bijoux,
Inconstance applaudie envers nombre de Belles
A craindre d'autant plus qu'elles sont moins cruelles,
Bals et festins, soupers de fous;
Notre jeune homme avoit à la fois tous les goûts:

Pour sa parure, autre démence!
A Pekin à Délhi mille bras travailloient.
Ajoutez que Valets et Marchands le pilloient.
D'où venoient tant d'excès? De la premiere
enfance.
Ceux qui l'élevoient, sotte Engeance,
Lui crioient du matin au soir:
» Dépensez, dépensez, Monsieur, vous êtes riche.
» Eh! De vous contenter devez-vous être chiche?
» A quoi le bien sert-il?... Puis cela fait valoir.»
C'étoit leur compte. On fait aisément recevoir
Des préceptes pareils. Voilà comme l'on gâte
Les fils de ces fameux Traitans;
Et les notres aussi; Car de la même pâte
Sont pétris les Bambins. Or donc en peu de temps
Notre homme mit à sec, aidé d'habiles gens,
Ses trésors extraordinaires.
Réduit à la besace, il n'avoit pas trente ans.

Les millions qu'ont amassé les peres
Font la perte souvent de leurs petits-enfans.

FABLE XX.

L'ECUREUIL, LA FOURMI, ET LE BROCHET.

Un Ecureuil vivoit, mais dans l'intimité,
Avec une Fourmi d'assez belle apparence.
Amour n'étoit pour rien, (On s'en seroit douté)
Quoiqu'il aime par-fois la singularité;
  Pasiphaé prouve ce que j'avance.
La Fourmi fut contrainte enfin de s'absenter;
  Un mois devoit suffire à son voïage.
  » Je viens, dit-elle, avant de vous quitter,
  » Mon cher Voisin, vous demander un gage
  » D'une amitié qu'on ne peut trop citer:
» J'ai mis en magasin, avec un soin extrême,
» De quoi parer un an à la disette même,
    » Et je veux vous le confier.
» Je vous offenserois, si j'osois vous prier,
» Contre un Usurpateur, hélas! de le défendre;
» Tout est dans un lieu sec placé commodément:
  » Vous le pourrez veiller facilement;
» De votre asyle il n'est rien qu'on ne doive
      entendre. »
Le cœur gros de soupirs, l'ecureuil fait serment;
    De pleurs sa promesse est suivie.

Voilà

Voilà notre Fourmi partie.
Dès que l'aube du jour coloroit l'horison,
Le gardien vigilant, fidèle,
Couroit se mettre en sentinelle
Sur un arbre voisin ou bien sur le gazon;
Il se tourmentoit plus qu'il n'étoit nécessaire;
Quand tout-à-coup il lui naît dans l'esprit,
Qu'il n'auroit rien de mieux à faire
Que d'aller en terre étrangere,
Où nul conspirateur ne trompât, ne surprît
Son inquiete vigilance,
Tout le temps malheureux que dureroit l'absence.
Mais pour passer, avec sa cargaison,
Une riviere navigable,
Il n'étoit point d'endroit guéable;
Tiphis et Palinure avoient vu l'Achéron....
Le Hazard à ses yeux offre alors sur le sable
Un vieux sabot par le temps respecté,
Dont le dessus seulement emporté
Sembloit en faire un bateau convenable.
Il est bientôt à flot, chargé, lesté,
Voguant enfin; Zéphir caressoit l'onde,
Et pour rames, deux brins d'osier, également
Fendoient le liquide élément;
Bref tout alloit le mieux du monde,
Quand un Brochet, s'élançant vivement

Loin de sa demeure profonde,
Culbuta le sabot, l'ecureuil, le froment.
L'infortune fut sans seconde;
Pilote, bâtiment, grains, il n'échappa rien.

On a raison : Le mieux est l'ennemi du bien.

FABLE XXI.

L'OURS.

Brunet s'en alloit par la Ville,
Au son des fiffres, des tambours;
Brunet, s'il vous plaît, est un Ours,
Non mal léché, mais l'Ours le plus habile,
Arrivé de Piémont depuis fort peu de jours.
Sur son passage on court en foule et vite-vite;
Puis le maître aussitôt de le faire danser.
Il falloit le voir se dresser
Sur ses pattes, d'un air content de son mérite!
Comme un jeune Poupin, en dansant se bercer,
Un chapeau fierement retapé sur la tête!
D'ailleurs roulant les yeux, comme pour vous presser

D'applaudir ses talens. (On croit intéresser;
Et de l'éloge un Sot est toujours à la quête.)
Chaque assistant disoit: Oh! l'admirable bête!
Cet encens à tel point lui troubloit le cerveau,
Il en étoit si vain, qu'oubliant ses montagnes,
Sa liberté, ses bois, et même ses compagnes,
Sans en rougir, il voïoit son museau
Entre deux cuirs serré, mis à la gêne;
Bien plus, se prévalant de sa honteuse chaîne,
Trouvant digne d'envie un si pésant fardeau,
Souvent il s'écrioit: Vive la race humaine!
Approcher, servir l'homme est le sort le plus beau.

L'orgueil fait tout; Il change tout de face.
Tel qui libre, en Seigneur, vivroit s'il le vouloit,
Prend des fers chez les Grands, s'y bouffit de sa place,
Ne sentant pas alors qu'elle le rend valet.

FABLE XXII.

LE VISIR.

Dans le sein de l'amour et de la volupté,
Un sultan dépouilloit sa majesté hautaine;

Déposant son tonnerre et son autorité
Aux pieds d'une jeune Beauté,
D'une Captive souveraine.
Il choisit Mahamoud, né dans l'obscurité,
Pour promulguer ses loix à son empire immense.
Le glaive dangereux de la toute-puissance
Dans les mains du Visir brilloit en sûreté;
Son esprit vaste, et son intégrité
Le mettoient au dessus même de sa fortune.
C'étoit une âme peu commune;
Il sembloit, à ce rang monté,
Ne voir dans la grandeur qu'une chaîne importune.
Et regretter sa médiocrité.
Il fut surnommé Grand, et ce nom si vanté
Fut tant de fois en tous lieux répété,
Qu'il se forma bientôt une puissante ligue,
Qui lui ravit jusqu'à sa liberté;
Malheureux, éxîlé, victime de la brigue,
Son courage s'éteind; Triste, sombre, farouche,
Il ne put faire tête à cette adversité.

Pour savoir si le nom de Grand est mérité,
Attendons un revers; C'est la pierre de touche.

FABLE

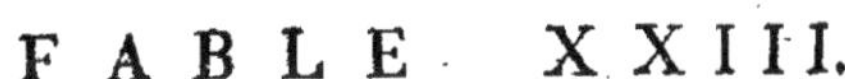

FABLE XXIII.

LES MOINEAUX, ET LEUR MERE.

Loin d'un nid tapissé de mousse et de duvet,
Chef-d'œuvre qu'au printemps tous les ans renouvelle
L'ardente activité, l'impérieux attrait
De la tendresse maternelle,
De jeunes Oiseaux alloient fuir;
Voici ce que leur dit, après plus d'un soupir,
Une Mere prudente et sage:
Sous mes ailes bientôt vous n'habiterez plus,
Mes chers Enfans; Mon cœur se brise à cette image!
Mais les regrets sont superflus;
La Nature le veut : Nous sommes son ouvrage.
Nous courber sous son joug, voilà notre partage.
Vous allez, entourés de mille écueils divers,
Voguer sur une mer en naufrages féconde;
Jouer un rôle enfin sur la scene du monde.
Les êtres, quelqu'ils soient, y reçoivent des fers
D'une Marâtre vagabonde,
L'Opinion, reine de l'univers;

Craignez de la blesser : La régle, c'est l'usage ;
Soumettez lui l'essor de votre esprit volage.
Saisissez de chacun ce qu'il offre de bon ;
Que la faute d'autrui vous serve de leçon ;
Soyez sourds à l'envie, autant qu'à la vengeance.
Applaudir aux talens, exercer le pardon,
Sont deux plaisirs plus grands, plus vifs qu'on ne le pense.
Laissez le Geai, le Paon afficher la jactance ;
La Chouette cacher ses larcins dans son trou.
Sachez vous ménager et l'Aigle et le Hibou ;
La sottise est à craindre autant que la puissance.
Fuïez la Pie ; Elle est mordante en ses discours.
Craignez qu'on ne vous trompe ; On croit tout à votre âge :
Le cœur est rarement empreint sur le visage ;
Sous les traits du Pigeon, il est mille Vautours :
Prévenez en l'apprentissage ;
L'expérience hélas ! est d'un tardif secours.
Je vous verrai bientôt perdre l'indifférence ;
Jouissez : Le plaisir mérite qu'on l'encense,
Mais modérez l'effet de votre premier feu.
Ce n'est point sans raison que l'Amour a des ailes;
De ces tendres penchans ne vous faites qu'un jeu:
Une passion forte a des suites cruelles.
Aveugle, on choisit mal ; Et pour fixer le choix,

Est-il tant de Beautés sensibles, et fideles?
Que de Linottes dans nos bois!
Et combien peu de Tourterelles!
Mais soit qu'avec ivresse on reçoive vos vœux,
Enfans chéris, ou soit qu'on les rejette,
En un mot, heureux, malheureux,
Captivez pleinement votre langue indiscrette;
Se taire sur ce point fut toujours de saison.
La probité l'éxige autant que la raison.
Je ne m'éffraye pas de votre étourderie:
Jeune elle trouve grace auprès de tout censeur;
Quelques écarts font peu. D'ailleurs on les oublie.
Mais on n'éffacе point ce qui blesse l'honneur:
Le temps en traits profonds grave l'ignominie;
On peut tout excuser, hors les vices du cœur.
A peine elle achevoit, que la troupe est partie.

Heureux qui doit aux soins d'une mere chérie,
Ce qu'on ne tient souvent que d'un Instituteur!
Instruire, c'est donner une seconde vie.

FABLE XXIV.

LE JEUNE COQ ET SES CAMARADES.

Un Coq adolescent, dit-on,
Étoit le vrai Caton de toute la Jeunesse;
Esprit, jugement, gentillesse,
Badinage du meilleur ton,
Il avoit tout: C'étoit le Phénix de l'espece;
Mais il fut entraîné, quoiqu'après cent refus,
Craignant de paroître sauvage,
Par les autres coqs de son âge
Assez étourdis au surplus.
Il étoit question d'une fête galante;
D'abord elle fut gaie, elle devint bruïante,
A des excès on se livra,
En Bacchanale enfin elle dégénéra:
Notre Coq païa cher sa légere imprudence;
On la sçut: Cela fit grande sensation.

Quand on peut exposer sa réputation,
Il ne faut point avoir de fade complaisance.

FABLE XXV.

DENIS ET LA FEMME.

Denis, cruel tyran, régnoit à Syracuse.
Pour le voir au tombeau chacun faisoit des vœux.
Une Femme osoit seule offrir l'encens aux Dieux,
Pour qu'il lui survêquît. Comme il croit qu'on
l'abuse.
Que du récit il doute, il l'envoïe chercher:
Vous demandez au Ciel de se laisser toucher
En ma faveur, dit-il: Est-ce tendresse, ou ruse?
Parlez sans nul éffroi; Rien ne peut me fâcher.
» Lorsque Jupin, dans sa colère,
» Nous donna pour Maître autrefois,
» Lui répond-elle, un Prince injuste et sangui-
naire,
» Pour qu'on s'en délivrât, lors j'élevai la voix.
» Le trône fut bientôt d'un autre le partage:
» Ce second fut encor pire que le premier.
» Je souhaitai sa mort, pour sortir d'esclavage.
» Comme vous surpassez de beaucoup ce dernier,
» Je crains qu'un Successeur n'opprime d'avan-
tage. »

FABLE XXVI.

LE LIEVRE ET LE GIBIER.

Le jour tomboit, lorsqu'arrive en courant
À perdre haleine,
Un Lievre dans la plaine
Dont il étoit habitant.
Chacun fuit : (Le Gibier n'est pas brave.) » Un
» instant,
Se met-il à crier ; » Grande, grande nouvelle ! »
On revient, on l'entoure, on lui demande : » et
quelle ? »
Écoutez, reprend-il, mais écoutez moi bien ;
Si vous m'interrompez, je ne compte plus rien.
J'attendois sans souffler, bloti près de la vigne,
Avec raison saisi de peur ;
Car Monseigneur
Et son Garde étoient là, puis ce Pendard insigne,
Son chien, qui ne m'a pas apperçu par bonheur,
Ni senti, voilà le meilleur ;
Sans quoi je périssois. J'y songe avec terreur !
Ils causoient : » ça demain matin il faut te rendre
» Et tes camarades et toi,

(Dit-il en s'en allant) » Vers neuf heures chez moi ;
» Nous resterons jusqu'au soir : Aléxandre
» Est-il guéri ? — Monsieur, pas encore, je croi.
— » Prends ton fils à sa place ; Amene aussi ton gendre. »
Ainsi pendant ce jour qu'en entier nous aurons,
Qu'au chateau l'on sera, nous irons, nous viendrons,
Sûrs que nuls assassins ne pourront nous surprendre :
Et Dieu sçait comme alors nous nous en donnerons !
Des auditeurs la joie est facile à comprendre ;
Là-dessus on s'embrasse, et l'on va se coucher.
Le Lievre avoit dit vrai : Mais en tête légere,
Ou bien tout occupé du soin de se cacher,
Il n'avoit entendu que la phrase derniere.
Longtemps avant l'aurore on eût vu se fâcher
Contre lui la bande joïeuse,
Qui ne fut pas, comme lui, paresseuse.
Jeanot Lapin, qui déjà s'enhardit,
Dans une luzerne bondit,
Le Lievre court : La perdrix chante ;
On se disperse, on se fait des défis
Vers certain but. Les voilà tous partis :

L'un à pied, l'autre au vol; En un mot chacun
tente
De remporter le prix.
Puis mille sauts; Chose divertissante!
Tels sont les écoliers, aussitôt qu'est absent
Le Régent.
De thim, de serpolet, de grains on fait litiere:
Dans un jour si brillant regarde-t-on aux frais?
Quand arrive en front-de-bandiere
Le Seigneur, ses Amis, ses Gardes, ses Valets,
Et vingt chiens en avant, enfin tout le cortége.
Quel changement! Oh-Ciel! Et le plomb de frap-
per.
Loin de tout, nul terrier, nul couvert ne protége
Le Gibier malheureux qui ne peut échapper:
A droite, à gauche il tombe, ou bien on l'éstropie:
Le Lievre nouvelliste y périt le premier.
Cent autres l'ont rejoint, et tous de compagnie
De l'Achéron vont voir le Nautonnier.
Déconfiture sans pareille!
Ce n'est que morts, que carnage, qu'éffroi.

Que de mal on peut faire aux autres comme à soi,
Lorsqu'on n'entend que d'une oreille!

FABLE XXVII.

FABLE XXVII.

LES DEUX FRERES.

Le mobile puissant d'une belle action
Des vices les plus grands trop souvent est le pere;
Amour-propre est son nom; Il aveugle, il éclaire,
Selon qu'il est vergogne, ou bien présomption.
On élevoit ensemble les deux Freres,
Mais d'un naturel différent;
Car, quoiqu'issus du même sang,
On est fort opposé souvent de caractères.
L'aîné n'avoit de volonté,
D'ambition, que celle de bien faire:
Aussi dévoroit-il avec avidité
D'un Maître intelligent chaque avis salutaire.
Le Cadet croïoit au contraire
A douze ans déjà tout sçavoir,
Rejettoit les conseils; Suffisant, téméraire,
Voïant par ses yeux seuls, imaginoit bien voir.
Rien ne put le changer; Tout le cours de sa vie
Fut un enchaînement de funestes erreurs;
Il vêcut dans la honte, éprouva cent malheurs;
Jeune encor, de ses jours la source fut tarie.
L'autre fut le Législateur,

Et le Héros de sa Patrie,
Et du bonheur public vit naître son bonheur.

Quelle condition ici bas est la nôtre !
L'amour-propre nous rend ou tout un, ou tout
autre.

FABLE XXVIII.

LE COQ ET LES ANIMAUX D'UNE BASSE COUR.

Dans une basse-cour, où tout étoit tranquille,
Le Maître mit un Coq qu'il venoit d'acheter;
C'étoit un garnement à se masquer habile,
Un esprit infernal, sans qu'on pût s'en douter.
Ses turbulents conseils sourdement circulerent;
Les Vaches, les Taureaux soudain se révolterent
Sans raison, sans sçavoir pourquoi;
Les Canards, les Cochons, les Poulets s'en mê-
lerent;
Jusqu'aux Dindons se mutinerent;
Aucun ne voulut plus reconnoître de loi.

Cet éxemple est fréquent parmi les Notres:
Un homme dangereux pervertit tous les autres.

FABLE XXIX.

L'ANE LE RENARD ET LE CERF.

J'ai lu plus d'un volume : Aussi j'ai souvenance
Que chez les animaux, qui païoient les tributs
Au Seigneur le Lion, Monarque d'importance,
Quelques Belles, après un nombre de refus,
Firent enfin nommer un Ane à l'intendance.
Tout ce que Femme veut, Dieu le veut. Au-surplus,
Quelque fût leur motif, il étoit bon, je pense.
D'ailleurs ce choix, qui fut si hautement glôsé,
N'étoit point, je crois, sans éxemple.
Le voilà donc bien Monseigneurisé,
Touchant un revenu de la Cour assez ample.
Certain Renard, premier Subdélégué,
En peu d'instans se rendit maître
De cet esprit lourdaut autant qu'esprit peut l'être.
Voilà notre Ane subjugué,

Qui neuf sur chaque point, sot avec arrogance,
Aveuglément, en lui, plaçoit sa confiance.
Rien n'étoit obtenu, de mince, ou d'important,
Que le Renard n'eût donné son attache.
Les Commis réglent tout, le Chef envain le cache;
Voilà toujours le grand courant.
Maître Renard s'étoit fait une terre
De son poste: Eh! comment cela? C'est qu'on païoit
Tant pour être éxacteur, tant pour être faussaire,
Mais sans danger s'entend: Bref tout s'apprécioit;
Chaque chose vaut son salaire.
Aussi tout alloit-t-il par Compere et Commere.
Certain Cerf animé par le cri général,
Plus encor par ses maux, (Car un Cerf son rival
Étoit venu la nuit à main armée,
Et porteur d'un ordre fatal,
Au mépris du nœud conjugal,
Arracher de ſon lit ſa Biche bien aimée.)
Courageuſement entreprend
D'éclairer Monſieur l'Intendant.
Il conſtate le fait, ayant la preuve acquiſe
Que cet ordre cruel, contraire au droit des Gens,
Émané du Renard en la forme réquiſe,

avoit

Avoit été païé par de très gros présens.
A l'Ane il va porter sa plainte ;
Sur un Monstre en faveur s'explique sans détour ;
Son infamie étoit claire comme le jour.
Quoiqu'établie aussi bien que dépeinte,
Elle ne fit sur l'Ane aucune impression :
Il écouta le Cerf avec distraction,
Ou plûtôt fit semblant de lui prêter l'oreille.
Somme toute, hors d'état de peser, de penser,
D'éxaminer à fond une affaire pareille,
Il ne vit dans celui qui venoit dénoncer,
Qu'un Imposteur, qu'un Misérable ;
Dans le Renard qu'un cœur aussi droit qu'ingénu,
En butte à tous les traits attendu qu'équitable,
Sévère, il poursuivoit le vice & le coupable,
Dès l'instant qu'il étoit connu.

Rien ne ramene un Sot, dès qu'il est prévenu.

FABLE XXX.

JUPITER, ASPASIE, ET LE PLAISIR.

Au Maître du tonnerre, une jeune Beauté
Un jour adreſſa cette plainte :
« Le plaiſir, qui hait la contrainte,
(Dit-elle) » par l'encens ne peut être arrêté.
» Dès qu'on le cherche, il vous évite :
» Le tient-on ? Il échappe. On court ! Il fuit plus vite.
» Grand Dieu, donnez-lui donc plus de ſtabilité ! »
Cette demande étoit aſſez légère,
Mais bien qu'il en prévît la ſuite néceſſaire,
Aux Graces Jupiter n'a jamais réſiſté.
Il fixe donc près d'Aſpaſie
Le Plaiſir, compagnon des jeux, de la folie.
Ce Dieu, réglant dès-lors tous les événemens,
Au plus aimable des Amans,
Ote de s'abſenter les légitimes cauſes ;
Galant ingénieux, ſous cent métamorphoſes,
Ce ſont fêtes à tous momens :
Toujours ivreſſe, enchantemens,
Par conſéquent toujours des roſes.

Bientôt vient la ſatiété,
La plus triſte de toutes choſes.
De nouveau ſur ce point Jupin ſollicité,
Répond : » Vons apprenez par votre expérience,
» Que, malgré la variété,
» Pour être plus touchant, pour être mieux goûté,
» Le bonheur même a beſoin d'inconſtance. »

Que ſeroit le Plaiſir, ſans ſa légèreté ?

FABLE XXXI.

LE MOINEAU ET LE BOUVREUIL.

Comment me ſuis-je comporté
Dans ce cercle d'Oiſeaux qu'animoit la gaîté,
Demandoit un Moineau, d'un air de bonhomie,
Au Bouvreuil, ſon ami, qui l'avoit préſenté ?
Parlez ſans fard ; Je crains d'être flatté.
— Avec eſprit, mais trop d'étourderie,
Répond cet ami conſulté.
Rarement la franchiſe a le talent de plaire ;

Le Moineau fut du propos révolté.
Delà sa liaison se réfroidit, s'altère;
Il rompt enfin; je m'en ferois douté.

On craind d'ouïr la vérité,
Même en protestant le contraire.

FABLE XXXII.

LE CHIEN ET LA BREBIS.

Parler tout haut de ses talens,
De son nom, & de sa fortune,
C'est le tic de beaucoup de gens,
Et des petits cerveaux une marque commune.
C'est par autrui qu'il faut être vanté.
De la régle excéptons ici la probité;
Il est juste qu'elle se nomme;
Elle est si rare, & si mal en crédit!....
Or on ne doit jamais dire, « J'ai de l'esprit. »
Mais on dit, « Je suis honnête homme. »

Un Chien étoit fameux par cent & cent combats;
Les Sangliers, les Ours éprouvoient sa vaillance.

téméraire

Téméraire, prudent, selon la circonstance,
L'ennemi qu'il lançoit ne lui résistoit pas.
Il avoit du Lion affermi la puissance,
Sauvé ses immenses états,
Rétabli par ses soins la bonne intelligence;
Il étoit du Conseil la lumiere & le bras;
Deplus illustre encor par sa naissance,
Car d'ayeux en ayeux, sa race remontoit
Jusqu'au Chien dont le Ciel est le rare partage;
Mais il prônoit partout ses talens, son courage,
Ses belles actions, enfin ce qu'il étoit.
Il disoit vrai : Nul ne lui disputoit
De tant de points brillans l'éclatant assemblage;
Et cependant il impatientoit.
On n'acquert point le droit de se louër soi même
Quelque bien fondé que l'on soit.
L'égoïsme déplaît, même dans ceux qu'on aime,
Et nuit en général beaucoup plus qu'on ne croit.
Notre Chien l'éprouva, son chagrin fut extrême.
Il s'en plaignit : Prenez vous en à vous, lui dit
Une Brebis sans artifice,
Pour être remarqué, le mérite suffit;
Soïez modeste, on vous rendra justice.

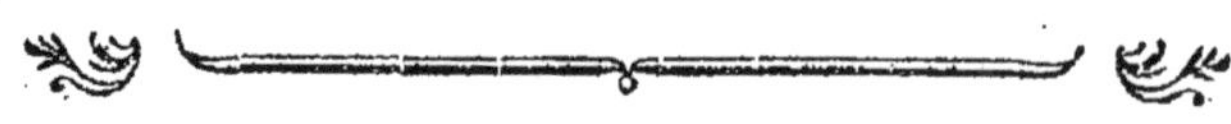

FABLE XXXIII.

LE PHÉNIX.

Heureux celui dont l'ame ardente à se répandre,
A besoin, pour jouir, d'éxister dans autrui,
Pour qui tout sentiment est un sentiment tendre!
Le cercle des plaisirs s'étend autour de lui.
Mais voïons le revers; Sa carriere est pénible,
La moindre impression altére son repos;
Son active chaleur le rend trop suscéptible,
Pour doubler son bonheur sans accroître ses maux.
N'importe... Il trouve un charme au moins dans les sanglots.
Eh! Quel don peut valoir celui d'être sensible?

Dans les champs de Memphis le Phénix reparut.
C'étoit pour le païs merveille s'il en fut;
Car trois siécles s'étoient écoulés, sans produire
Cet animal si rare & si fort éxalté.
La Déesse bavarde eut grand soin d'en instruire
Les chantres des forêts, & ceux de la Cité.
On accourt, on s'empresse, on regarde, on admire:
L'un détaille sa grace, & l'autre sa beauté;
L'un le feu pétillant qu'en ses yeux on voit luire,

L'autre son air affable & plein de majesté.
» Avec quelle largesse on voit le Ciel répandre
» Ses plus riches bienfaits sur cet oiseau fameux,
S'écrie un Chat-huant jaloux & soucieux!
» Sur son bûcher fumant il renaît de sa cendre;
» L'univers, à la fois, n'en compte jamais deux.
» Que devant lui tout oiseau s'humilie.
» Que son destin est grand, qu'il est digne d'envie!
» Qui fut par la Nature ici-bas mieux traité? »
Qui? Repart un pigeon avec vivacité,
Qui? Vous, moi, ce hibou, l'ours de cette montagne,
Tout ce qui sent le prix d'aimer & d'être aimé;
Privé de son pareil, ce Phénix renommé
N'a point d'ami, point de compagne.

FABLE XXXIV.

L'ECUREUIL, LE PAON, LA FAUVETTE.

Un Ecureuil vivoit dans la retraite;
Ainsi plus de sauts, plus de bonds
Sur les arbres, sur les gazons.

Bref, la réforme étoit complette.
D'où vient ce changement ſingulier & nouveau,
De Junon demandoit l'Oiſeau
A ſa voiſine la Fauvette?
J'en ſuis ſurpris. — Moi non, répondit-elle:
Heureux & jeune, il fut eſclave du plaiſir;
Le temps, l'infortune cruelle,
Les trahiſons de ceux qu'il crut devoir choiſir
Pour goûter l'amitié, cette flamme ſi belle,
Voilà ce qui l'attache au fond de ſa priſon.

La ſageſſe eſt ſouvent le fruit des cataſtrophes.
Aigreur, âge, malheur, beaucoup plus que raiſon
Ont fait, je crois, des philoſophes.

FABLE XXXV.

LE RICHE, L'INFORTUNÉ, ET LA FILLE.

Un homme né dans le ſein des grandeurs,
Des plaiſirs, & de l'opulence,
Ignoroit juſqu'au nom même de l'indigence,
Ou par

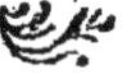

Ou par de froids récits connoiſſoit les malheurs.
Tels ſont les Rois ; On lui préſente
Un pere au déſeſpoir, couvert de cheveux blancs,
Que rida l'infortune, encor plus que le temps,
Et ſoutenu, malgré leur foibleſſe impuiſſante,
Par les graces à quatorze ans.
De ſa miſere il fit des tableaux déchirans ;
Le Riche ſourd aux pleurs n'aperçut que les charmes.

Qui fut toujours heureux, eſt inſenſible aux larmes.

FABLE XXXVI.

LA LINOTTE ET LE SERIN.

La tête d'une femme eſt comme une girouette.
Le mot n'eſt pas poli, j'en tomberai d'accord ;
Il eſt juſte pourtant : Car chacun le répéte ;
Un proverbe n'a jamais tort.
Mais qu'on ne penſe pas qu'il doive être appli-
cable

A ce que je vais raconter;
Et c'eſt préciſément afin de l'écarter,
Que j'en préviens avant de commencer ma fable.

Dans l'âge où le plaiſir ne connoît pas de frein,
Où la folie appelle la folie,
Une Linotte & légère, & jolie
Alluma mille feux dans le cœur d'un Serin.
Aimable, ingénieux, mais moins galant que tendre,
Sa flamme n'avoit point obſcurci ſa raiſon;
D'une tête à l'évent ne devant pas attendre
Une durable liaiſon,
De ſa naiſſante ardeur il vouloit ſe défendre;
Mais il vit qu'il plaiſoit. Qui peut jamais prétendre
Braver enſemble unis l'amour-propre & l'amour?
Auſſi fut-il eſclave dès ce jour,
Et puis bientôt heureux. Car ſa jeune Maîtreſſe
S'applaudiſſoit, dans ſa naiſſante yvreſſe,
D'effacer à ſes yeux les Belles d'alentour.
Le penchant la changea : Goûtant la ſolitude,
D'adorer ſon Amant elle fit ſon étude;
Et ce feu qu'elle nourriſſoit,
Sans ſoupçons, ſans inquiétude,

Au grand étonnement, malgré le temps, croiſſoit
Par les douceurs de l'habitude.
Ne mettant ſon bonheur qu'à ſerrer ſes liens,
Plus de frivolité, de coquets entretiens;
L'impreſſion ſecrette à tel point fut extrême,
Que ſur ce qu'on appelle aſſez ſouvent des riens,
(S'il en eſt pour le cœur; j'en doute, & fais plus même.)
Tous les goûts du Serin déciderent des ſiens.

On prend, ſans nul effort, les mœurs de ce qu'on aime.

FABLE XXXVII.

LES DEUX LAPINS.

Dans un autre idiome, un Ancien a dit
La maxime qui ſert de morale à ma fable.
Ce n'eſt point d'un bon mot l'éclair inimitable;
Mais une vérité vaut mieux qu'un trait d'eſprit.

Jeanot Lapin étoit né ſur la terre
D'un grand Seigneur: Jugez s'il en ſouffroit,

Et quand le salpêtre éclatoit,
S'il s'effraïoit d'une chimere!
Il ne sortoit de son terrier
Qu'en frémissant. La mort si vite arrive!
Mais quoi! toujours sur le qui-vive,
Est-ce exister? Aussi quitte-t-il le quartier,
Non pas sans qu'aux regrets son ame soit ouverte;
De thym, de serpolet la plaine étoit couverte:
Puis, où l'on vit le jour, on a des nœuds touchans,
On tient à ses amis, à ses Lares, ses champs.
Le voilà donc errant, cherchant un gîte;
Il en trouve un; c'est sur un roc ingrat:
Mais où nul chien, où nul homme n'habite.
Vivres y sont, non vivres d'un Prélat,
Mais les mets simples d'un Hermite.
Là, tranquille du moins, il mangeoit, digéroit,
(Digérer fait santé.) Puis sans danger couroit;
Sa solitude étoit extrême,
Voilà le mal: Au reste on ne peut tout avoir.
Qui pense, n'est point seul; Notre ame est un miroir
Qui double tout; L'esprit se suffit à lui-même.
Un beau matin, survient tout tremblant, essouflé,
Un sien parent, habitant du domaine,
Dont, par raison, il s'étoit exilé.

Grande

Grande ſurpriſe ! Eh ! Couſin, qui t'amene ?
— Et toi, Couſin, ſur ce rocher pelé
Que fais-tu donc ? Chacun eſt chez nous dans la
peine ;
On te croit mort. Combien je t'ai pleuré !
Pour moi, je me ſuis égaré ;
Ce grand Diable de chien, que Jupiter confonde,
Ruſtaut, enfin que tu connois,
M'a pourſuivi, comme il feſoit ſa ronde ;
J'ai couru, j'ai couru, ſans ſavoir où j'allois.
Ça retournons de compagnie.
Comme on va t'embraſſer, comme on va te fêter !
Tu tréſſailles de plaiſir, je parie.
L'air natal eſt ſi doux ! Puis ſoudain de ſauter.
— Ton bon cœur me ravit, mais je te remercie,
Répond Jeanot, vas-t-en ; Moi, je compte reſter.
J'ai fait l'effort de tout quitter.
La plaïe en eſt preſque guérie.
Ici je dors en paîx, nul n'en veut à ma vie.
J'aurois dans mon païs toujours à redouter.

Où l'on eſt bien, c'eſt là qu'eſt la patrie.

P

FABLE XXXVIII.

EOLE ET LA FEUILLE.

Eole venoit d'arracher
La feuille d'un jeune arbre ; Et ſans beaucoup de peine,
Dans les airs il la porte, à ſon gré l'y promene ;
Chez les Dieux on diroit qu'il compte la cacher :
Mais non, il la fait redeſcendre,
Tourner ſur elle même, à droite, à gauche aller,
Prendre un chemin, le quitter, le reprendre,
Puis vers l'Olympe encor paroît la rappeller.
Après mille viciſſitudes,
De haut, de bas, de tours & de détours,
La fin de ces ſollicitudes
Fut qu'elle s'abîma dans les mers pour toujours.

L'arbre, c'eſt le berceau ; Le vent, les circonſtances ;
La feuille, nous ; Les mers, ſont ces gouffres immenſes,
Les ſiécles, où le temps court engloutir nos jours.

FABLE XXXIX.

LA CHATE ET LE CHAT.

Une Chate adoroit un Chat ; Rien de ſi ſimple.
Aimer, plaire eſt ſi doux ! Je n'éxige qu'un point,
Jouiſſez, c'eſt bien fait ; Mais ne l'affichez point :
L'afficher eſt un mal que n'endort aucun ſimple.
  Elle voulut qu'on apprît ſon bonheur,
Afin de pouvoir dire à chacun : » Oui je l'aime »
Non pas par vanité, mais par amour extrême,
    Et par un faux calcul du cœur.
  Delà grand bruit ; La ſage, la bégueule
  Subitement ceſſerent de la voir.
On la montroit au doigt, bientôt elle fut ſeule
  Avec ſon chat, comme on l'a du prévoir.
L'abandon général & l'afflige, & l'étonne ;
Son Amant la conſole auſſi bien qu'il le peut.
Quoi ! n'a-t-on pas le droit de faire ce qu'on veut,
Dit-elle, en n'attaquant & ne blâmant perſonne ?
On m'évite, on me fuit : On me rechercheroit,
    Si, ſous des dehors de rudeſſe,
Je cachois ce penchant qu'on appelle foibleſſe.
Et puis, ſi c'en eſt une, à quoi me ſerviroit
  De la cacher ? Nul ne s'y tromperoit ;

Les erreurs, n'en déplaiſe aux matrônes chagrines,
Sont-elles moins erreurs, pour être clandeſtines?

Fronder eſt fort aiſé : Mais tous les beaux diſcours
Contre l'opinion ſont d'un foible ſecours.
Le préjugé n'a point de légeres racines,
Vous avez beau creuſer, vous les trouvez toujours.

FABLE XL.

LE HIBOU ET SES CAMARADES.

Un ſot, mais un menteur Hibou,
N'ayant jamais paſſé, comme on dit, les barrieres,
Et ne connoiſſant que ſon trou,
Prétendit raconter à ſes dignes confreres
Ses voïages fameux au grand Capa-Moscou,
Ses dangers, ſon retour, enfin comment, par où :
Au ſurplus s'étendant ſur les mœurs étrangeres.
Il reſſembloit à nombre de ces gens
Poſſédés du démon de vivre dans les âges,
Qui

Qui, n'ayant jamais lu de tant d'auteurs ſavans
Que les titres de leurs ouvrages,
Pour donner du relief à leurs trop minces pages,
Les citent ſouvent hors de ſens.
Meſſieurs, débitoit donc notre animal nocturne,
J'ai vu ce qu'avant moi l'on ne connoiſſoit point;
C'eſt la ſource du Nil, fleuve aſſez taciturne.
Et qui préciſément au Danube ſe joint,
Sur la montagne de Minſturne,
Aſſez près du Tropique où régnent les hivers,
Où Sylla ſe cacha, pour éviter des fers.
J'ai vu la France, où vit un peuple de ſauvages,
De Leſtrigons, d'Antropophages.
J'ai vu ..... Bref il avoit vu cent climats divers,
Au même prix; Les yeux d'étonnement ouverts:
» Ah! Combien forment les voïages!
» Que de brillant, que d'érudition!
Crioit dans l'admiration
Toute la ſtupide aſſiſtance,
» Voilà ce qu'on appelle un vrai puits de ſcience.
On recueilloit juſqu'à ſes moindres mots.

Que de gens n'ont d'eſprit qu'en parlant à des ſots!

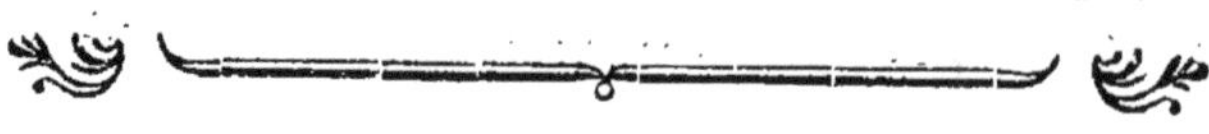

FABLE XLI.

LE ROSSIGNOL, LE SINGE, ET LE SERIN.

» J'ai chanté vainement, je n'ai fait qu'ennuïer
» Mon maître & ma jeune maîtreſſe,
Contoit un Roſſignol étonné. — » Mon adreſſe,
Répondoit ſieur Bertrand, Singe de ſon métier,
» Mes culbutes, mainte grimace,
» Cent & cent tours de paſſe-paſſe,
» N'ont pu les divertir auſſi.
(Leurs maîtres ſe boudoient, remarquez bien ceci.)
» Cependant, ſans vouloir nous flatter l'un ni l'autre,
» Pour plaire aſſurément les jours nous ſont égaux
» Ce n'eſt pas notre faute en tout cas. » — C'eſt la vôtre,
Dit un Serin confrere. On s'écrie à ces mots :
Que nous manquoit-il ? — » L'à-propos. »

FABLE XLII.

LE LIEVRE, LE RAT, LE RENARD.

Plus on vit, & plus on éprouve
Ce que l'on gagne à vouloir obliger;
Dans son chemin le plus souvent on trouve
Celui qu'à nous servir tout devroit engager.
Que sert-il d'être humain? Qu'est-ce que cela prouve?
Soyons dupes plutôt que de nous corriger.
Une bonne action porte sa récompense.
Ainsi, sans éxaminer rien,
Pour nous mêmes faisons le bien,
Et ne prétendons point à la reconnoissance.

Un Lievre avoit recueilli certain Rat,
Que la faim réduisoit au plus piteux état.
Entre eux l'intimité s'établit au plus vîte;
Delà, même ordinaire, & souvent même gîte;
Quand du Lievre, un Renard en secret ennemi,
Tenta de faire un ingrat d'un ami.

Il y parvint: Parmi nous c'eſt de même.
On livre tous les jours celui qu'on dit qu'on aime.
Guettant le bon moment pour une trahiſon,
Le pervers dans ſon cœur conſerva le poiſon.
Le hazard le ſervit; Par mauvaiſe fortune,
Un jour que notre Lievre avançoit ſur la brune,
Vers un buiſſon aſſez épais,
Il ſe ſent pris dans des filets.
Son ami le ſuivoit; A ſon aide il l'appelle:
Mais cet ami couroit inſtruire le Renard,
Le charmer par cette nouvelle,
L'inviter à venir ſur le champ prendre part
A cette aventure cruelle.
Tous deux arriverent trop tard;
Le Lievre avoit rompu la trop foible ficelle:
Mais hélas! Quel coup de poignard,
De ne trouver dans ſon ami qu'un traître!
Plus de commerce entr'eux. Autre que lui peut-être
Moins généreux, ſe fût avec éclat
Vengé de ce perfide Rat;
Mais le mépris ſuffit, il humilie.
Bien mieux, une autre fois, ſous la griffe d'un chat
Le voïant ſuccomber, il lui ſauva la vie.

De nouvelles bontés nous vengent d'un ingrat.

FABLE XLIII.

L'OISON.

On auroit vu rire Héraclite,
D'entendre un Oiſon l'autre jour
Vanter tour-à-tour,
Et ſes talens, & ſon mérite,
Et ſes graces ſurtout, ainſi qu'eût fait l'Amour,
Je m'exprime avec éloquence.
Je chante bien ; Comme je danſe !
L'autre mois, j'ai charmé toute la baſſe-cour :
L'autre mois ! .... Comme le temps paſſe !
Il me ſemble que c'eſt hier :
On s'y battoit, pour avoir une place ;
Le plus modeſte eſprit en auroit été fier.
Et quel air de gaieté régnoit ſur les viſages !
Que d'encouragemens, que de divers ſuffrages !
Ah ! Qu'un bon naturel ſeroit bientôt gâté,
En prêtant l'oreille à l'éloge !
Car, quoiqu'on diſe enfin, lorſque l'on s'interroge
Au fonds du cœur on en eſt très flatté.
Il eſt ſi doux de plaire & d'être belle !

Croïez-vous qu'en effet l'oiſon eût enchanté ?
La bêtiſe a toujours bonne opinion d'elle.

FABLE XLIV.

LE FAUCON, LE MILAN, JUPITER.

Le Tien, le Mien se font toujours la guerre,
Chez les gens emplumés, comme chez les humains.
Voilà le sort du monde sublunaire.

L'ennemi déclaré des perdrix, des lapins,
Un Faucon fut se plaindre au Maître du tonnerre,
Qu'un Milan, des voisins le plus entreprenant,
Non content de chasser sur de riches domaines,
Avoit su réunir à son fief quelques plaines,
Dont lui Faucon étoit le Seigneur dominant.
Il demandoit que sans plus tard attendre,
Au même instant Jupin les lui fît rendre.
Mais comme un Dieu rempli de sens,
Jupiter ordonna qu'on instruisît l'affaire,
Ne voulant point que l'arbitraire
Prît la place des loix, & servît les puissans.
De l'Oiseau Suzerain ce n'étoit pas le compte;

Voici pourquoi : C'eſt qu'on ne trouva rien,
A ce qu'il alléguoit, qui ſervît de ſoutien;
Car d'après l'examen au procès néceſſaire,
On connut, quoiqu'il dît de ſon fief, de ſa terre,
Qu'il avoit par la force uſurpé tout cela.

Qui veut tout envahir perd ſouvent ce qu'il a.

FABLE XLV.

XANTIS ET CHARICLÉE.

Dans Athènes jadis, Xantis & Chariclée
Sembloient ſe diſputer l'empire de l'amour.
Aux curieux regards de la Grece aſſemblée,
Xantis offroit l'éclat dont ſe pare un beau jour;
Des yeux à fleur de tête, un front où la décence
Avec fierté noblement ſe peignoit;
La taille la plus riche encore lui donnoit,
De la mere de Mars, l'auguſte reſſemblance.
D'extase, en la voyant, on ne pouvoit ſortir;
Une humaine Déeſſe en un mot, c'étoit elle.
Mais ce qui la rendoit ſi parfaite & ſi belle,

Se faisoit admirer beaucoup mieux que sentir;
Rien de plus, car toujours on la trouvoit la même,
Et l'yvresse fut-elle extrême,
Voilà le vrai moïen d'éteindre le plaisir.
Chariclée au contraire, à la fraîcheur de l'âge,
Joignoit, brune piquante, un air tendre & malin;
L'innocente pudeur fesoit mouvoir son sein;
Le rire se joüoit gaiement sur son visage;
Ces finesses, ce jeu des traits,
Que tout l'art de Zeuxis ne peut rendre jamais;
Ces riens, qui tous ensemble, & séduisent, & frappent,
Que vous croïez revoir alors qu'ils vous échappent,
Par d'autres remplacés avec même succès,
Une taille légere & non pas imposante,
Moins que Xantis la rendoient surprenante,
Mais ravirent des cœurs les hommages secrets.

La gentillesse attire & fixe sur ses traces;
Des traits trop réguliers échappent aux Amours.
La beauté ne plaît pas toujours;
Il n'en est pas ainsi des graces.

FABLE XLVI

LE PERE, LA FEMME, LE FILS, LE CAISSIER.

Le danger eſt égal de croire, ou ne pas croire,
A dit avec raiſon Phédre mon devancier;
D'un époux qu'on abuſe il raconte l'hiſtoire.
Son mot eſt vrai. Je veux par un fait l'appuier.

Certain Traitant avoit un vieux caiſſier,
Dont la droiture étoit à toute épreuve;
De ſon intégrité ſes comptes feſoient preuve.
Mais, que chargé d'un ſemblable détail,
Il n'eût jamais groſſi les fruits de ſon travail,
C'eſt, je penſe, une choſe neuve.
Ajoutez un grand fils, (autre fait ſingulier.)
Econome à vingt ans, & fils d'un financier,
Une femme ſur qui l'affreuſe calomnie
N'avoit encore oſé diſtiller ſon venin:
Aveuglé par un traître, un monſtre, dont envain
On lui montroit l'hypocriſie,
Il fut bientôt en proie au plus mortel chagrin.

Du Receveur la droiture eſt noircie;
Comme infidele il eſt chaſſé ſoudain.
La réputation de l'enfant eſt flétrie;
Dans ſes mœurs il s'eſt diffamé,
Pour un objet d'opprobre on le dit enflammé.
Du pere violent voilà l'humeur aigrie,
Et voilà le fils enfermé.
Il ne reſtoit plus rien ſans tache que la femme;
On parle d'un certain portrait,
On découvre à l'époux l'artiſte qui l'a fait.
Jugez ce qu'il ſoupçonne; Un tel ſoupçon dans l'ame
S'accroît auſſi rapidement qu'il naît.
Se croïant un rival, Monſieur cloître Madame,
Et de ſa fermeté s'applaudit en ſecret.
Le voile tombe: Il voit l'auteur de la tempête,
Du Receveur l'intégrité,
Des écarts de ſon Fils toute la fauſſeté;
Et le portrait qui lui tournoit la tête,
D'un cœur toujours épris n'être qu'un don charmant
Un bouquet que l'hymen préparoit ſourdement,
Pour l'offrir à l'époux en célébrant ſa fête.
Honteux, frémiſſant, irrité,
Dans quel gouffre, dit-il, m'a-t-on précipité?

Pour réparer ſes torts, il n'eſt rien qui l'arrête;
Le repentir en pleurs vit couronner ſes vœux.

Combien de fois j'ai dit : » n'en croïez que vos yeux. »

FABLE XLVII.

LE BROCHETON, LE BROCHET, LA CARPE.

Formant des ronds, ſillonnant la riviere,
Fretin Carpillon ſautilloit,
Fretilloit;
Un Brocheton la voïant faire,
Se diſoit tout bas : » Ma commere,
» Riez, donnez vous en.... Fort bien!... Elle eſt légere!
» Mais rira bien qui rira le dernier;
» Car avant peu vous paſſerez, j'eſpere,
» Par mon goſier;
» Ce ne ſera pour moi qu'une bouchée. »

Lors partant comme un trait, il gliſſe entre
deux eaux,
Le bec ouvert, la vüe à ſa proie attachée,
Il l'atteignoit, quand ſurvient à-propos
Pour elle;
Un Attila Brochet, des Brochets le plus gros,
Qui gobe l'autre, & nage de plus belle.

C'eſt ainſi que ſouvent en maint cas, maint païs,
Tel qui croïoit prendre, eſt pris.

FABLE XLVIII.

LE PROPRIÉTAIRE.

Un homme dans ſa terre, où régnoit l'abondance,
Recevoit ſes voiſins, leur peignoit, leur contoit
Avec emphaſe, & complaiſance,
Tous les ſoins qu'elle lui coûtoit:
Il étoit éveillé chaque jour, à l'entendre,
Auſſitôt qu'Aurore pointoit;
Lui ſeul il digéroit, dictoit
Les ordres que l'on venoit prendre;

Lui

Lui-même guidoit ſon Fermier,
Son Vigneron, ſon Jardinier,
Economie intérieure,
De la cave juſqu'au grenier,
Il n'étoit détail à toute heure,
Qui ne l'occupât en entier.
Tout paroît monſtre aux yeux des gens de cette claſſe;
Bel étalage! Mais pur jeu, pure grimace!
Ces ſoins ſi grandement vantés
Se bornoient à donner, ſans ſortir de ſa place,
Quelques ordres mal concertés,
Par des Valets inſtruits pour la forme écoutés.

Que de gens de ce caractere,
Qui veulent, ſans agir, avoit l'air de tout faire!

FABLE XLIX.

LE CALIFE, L'INDOUST.

Abenzaïd avoit étendu ſa puiſſance
Des portes de Memphis aux portes de Delhi;
Vingt Peuples égorgés, & leur culte aboli,

Contre l'Usurpateur crioient au Ciel vengeance.
Mais sous un joug de fer tout sembloit avili.
Le Prince triomphant, superbe, & sanguinaire,
Par la crainte croïant plus certaiu de régner,
De qui (même en secret) paroissoit s'indigner,
Sans appel ordonnoit le supplice éxemplaire.
Un des flatteuis, qui le suivoient
Et l'excitoient, & l'approuvoient,
(Ces Messieurs ont partout le même caractere.)
Lui découvrit qu'un homme austere,
Qui se croyoit en paix au fond de l'Indoustan,
Sur les vertus du Prince affichant de se taire,
Dans son cœur le jugeoit un cruel, un Tyran.
Fiez vous en au Courtisan;
Pour fonder son crédit, il livreroit son pere;
Et sur le champ Caleb est envoié chercher.
A ses Lares heureux, qu'en soupirant il quitte,
Sans en savoir la cause, il se voit arraché.
Il est bientôt conduit (car le mal se fait vîte.)
Sous un dais fastueux, entouré de soldats,
Et de Grands à genoux, ou courbés vers la terre,
Caleb voit un Mortel qu'il ne connoissoit pas.
(La Cour étoit à ses yeux étrangere.)
On le fait prosterner. » Vil esclave, lui dit
Abenzaïd d'une voix de tonnerre,
» Dans cette classe abjecte où le Destin te mit,

» On m'apprend qu'oubliant le ſang qui t'a fait
naître,
» Intérieurement tu cenſures ton Maître!
» Connois-tu mon pouvoir à qui tout obéit?
» Sais-tu que je prétends régner ſur ton eſprit » ?
» Prince, répond Caleb, qu'une telle arrogance
Avoit ſurpris étrangement,
L'Indouſt né dans les champs, élevé ſimplement,
Parle ſans peur, comme ſans complaiſance.
On t'abuſe, Calife, en me rendant ſuſpect;
Je ſais ce que ton rang éxige de reſpect.
Jamais ta Majeſté ne fut par moi bleſſée.
Nul remord ne me fait pâlir à ton aſpect;
Mais tu voudrois envain aſſervir la penſée:
Mets tout l'empire aux fers, augmente ſon effroi,
Tu n'en obtiendras pas ce que tu crois poſſible;
Libre, l'opinion eſt au deſſus de toi.
L'homme, au fond de lui-même à tes yeux invi-
ſible,
De ton joug impoſant brave l'effort terrible.
Le Calife à ces mots, la rage ſur le front:
» Oh! C'en eſt trop, atôme téméraire!
» Le fer, le feu, tes cris, ton ſang me vengeront.
Eh! bien, repart Caleb, alors ſix pieds de terre
Ainſi qu'à toi me ſuffiront.

Qu'un Sage est grand! Orgueil, vaine fumée,
Petitesse de l'ame, injurieux élan!
Près de l'Indoust, qu'étoit le Calife? Un Pygmée.
La Vertu peut d'un mot accabler un Tyran.

FABLE L.

LE CHEVAL, L'ANE, LE LÉOPARD, ET LE SOURICEAU.

Dans les états du Léopard,
Où la galanterie un peu trop tolérée,
En licence honteuse étoit dégénérée.
Le Prince crut devoir n'attendre pas plus tard,
Pour consoler enfin la pudeur éplorée.
Ce n'étoit pas le cas d'aucun palliatif,
Un mal invétéré veut un remede actif.
Il fit donc une loi claire autant que terrible,
Qui très expressément portoit peine de mort
Contre celui qui, follement sensible,
Troubleroit le repos d'un ménage paisible,
Soit qu'avec sa maîtresse il fût, ou non, d'accord.

A l'époux outragé, dans le premier tranſport,
Sûr de ſa honte, il fut même loiſible
De punir le coupable, en terminant ſon ſort.
On rendit cette loi publique.
Ceci rappelle juſtement
Ce trait connu, fameux, antique,
Que l'on peut dire même unique;
Si l'on veut en parler, c'eſt ici le moment.

Un Roi, je ne ſais d'où, mais il n'importe guere,
décerna qu'à tout adultere,
Sans excepter perſonne, on creveroit les yeux.
Au mépris du Décret, ce qu'il aimoit le mieux,
Son Fils, ſa plus chere eſpérance,
Eſt accuſé du crime. On en prend connoiſſance;
Enfin le crime eſt conſtaté.
Certes le Souverain auroit pu faire grace,
Sans craindre que jamais un ſujet eût l'audace
De citer ce pardon comme une autorité.
Mais le Prince penſant que la juſtice eſt une,
Que ſous le même joug elle ſait retenir,
L'indigent, & celui qu'éleva la fortune
Et qu'un arrêt tonnant pourroit à l'avenir,
S'il n'éteignoit le mal, dumoins le prévenir;
Sévere comme Roi, ſenſible comme pere,

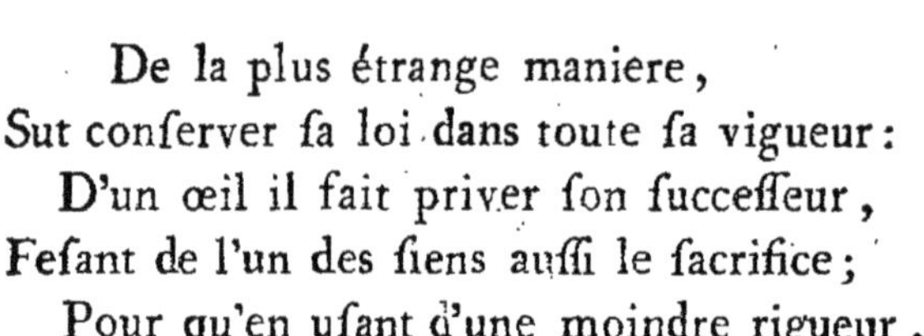

De la plus étrange maniere,
Sut conſerver ſa loi dans toute ſa vigueur :
D'un œil il fait priver ſon ſucceſſeur,
Feſant de l'un des ſiens auſſi le ſacrifice ;
Pour qu'en uſant d'une moindre rigueur,
Rien de ſon ſang n'échappât au ſupplice.
Il ſuffit : Revenons à ce qui ſe paſſa,

Dans le Païs, dont parle ici ma fable,
Un Courſier ſuperbe, indomptable,
Trouvant certaine Aneſſe à ſon gré, la preſſa
D'être à ſes deſirs favorable ;
Fidele à ſon époux, elle le repouſſa
Avec cette fierté que l'outrage provoque :
Mais bravant & ſes cris, & ſes dents, & ſes pleurs,
Juſqu'au comble il porta ses infâmes fureurs ;
Et le malheur ne put être équivoque
Pour l'Ane plein de rage, au galop arrivant,
Qui tout prêt à frapper l'animal impudent,
Se ſent fracaſſer la machoire.
C'eſt alors qu'il court tout ſanglant
Demander qu'on puniſſe une action ſi noire,
A l'antre où repoſoit le Léopard dormant.

On n'ofe l'éveiller; Profitant du moment,
Le Cheval va gagner les grands, le miniftere,
On trompe enfin le Maître; Et quand l'Ane put braire,
Sans l'écouter, il fut chaffé honteufement.
Remarquez qu'alors même on rendoit hautement
Une fentence en tout point différente,
Qui condamnoit au trépas nommément
Un Souriceau furpris imprudemment
Par l'époux Rat d'une Souris galante.

Le mot d'Anacharfis doit terminer ces vers:
» Les loix & les tiffus divers
» Que produit Arachné, font de la même étoffe;
» Ils prennent les Petits, difoit ce Philofophe,
» Mais les Grands paffent à-travers ».

FABLE LI.

LE PRÉTENDU SAGE.

Un Homme, qu'on disoit sage par excellence,
Qui chez les Grecs eût effacé tout net
Ceux que l'on nous dépeind dans le banquet des sept,
Fesant preuve de sapience,
Eut souvent tort à-force de prudence;
Car, dût-on m'accuser d'être paradoxal,
L'excès du bien même est un mal.
Un ami lui fait voir le solide avantage
Qu'il peut tirer d'un établissement;
Vous entendez qu'à parler simplement,
Il s'agit là de mariage.
Celle qu'on proposoit apportoit par contrat
De quoi pour un prodigue avoir assez de marge.
Sa conquête n'eût point flatté l'orgueil d'un fat;
Modeste avec esprit, piquante sans éclat,
Sa beauté suffisoit, mais n'étoit pas à charge.
Le Sage fut tenté; Car un sage eut toujours
Le cœur tout comme un autre. Il pese, il examine

Le

Le pour, le contre; Et lorſqu-Amour domine,
La raiſon eſt ſoudain appellée au ſecours :
Delà grand combat ; un jeune homme,
N'aïant barbe au menton que celle de vingt ans,
Tandis qu'il rêve, mis tout-à-coup ſur les rangs,
Séduit parens & fille, & l'on conclut en ſomme;
Et le Sage en ſecret de ſe mordre les doigts;
Bon avis pour une autre fois :
Auſſi vous allez voir comment il ſe corrige.
Un terrain ſpacieux, d'ailleurs d'un bon rapport,
Étoit depuis long temps un objet de litige.
Le voiſin un beau jour gagne les ſombres bords.
Vous croïez qu'il ne reſte alors
Que d'acheter cet utile domaine.
Je le croirois auſſi. Doucement, s'il vous plaît;
Le Sage qui ſait tout, qui ſonge à ce qu'il fait
Voit (de raiſonnemens ſa cervelle étoit pleine)
Ce que ni vous ni moi n'aurions vu; Tellement
Qu'un tiers jugeant des choses bonnement,
Des héritiers acquert & les supplante :
Le Sage tombe de son haut.
Mais comme il ne doutoit que sa Muse savante
Ne dût au nombte des Quarante,
Au temple des beaux arts arriver de plein saut,
Et qu'il étoit une Place vacante,

Un tel objet le console bientôt.
Doit-il folliciter, feroit-il mieux d'attendre
Qu'à fon mérite on s'empreffât de rendre
Les honneurs du fauteuil? C'eft dans ce cas qu'il faut
Bien méditer, avant que de rien entreprendre.
Pendant qu'il fe confulte on procède au fcrutin,
C'eft un autre que lui que l'on élit enfin;
Sûr du fait, il ne put encore le comprendre.

Point de médaille fans revers;
L'indécis raifonneur n'agit que de travers.

FABLE LII.

LA CRUCHE ET LA TASSE.

Une Cruche difoit (Une Cruche parler!)
Pourquoi tant s'étonner? On en voit dans le monde
Plus d'une, le nez haut, à la fortune aller,
Que cette aveugle & foutient & feconde.

Or donc, une Cruche diſoit
A ſa voiſine Japonnoiſe,
Qu'on emmagaſinoit près d'elle, mais à l'aiſe,
Crainte de heurt : (Très fort on la priſoit.)
Vous croïez, Madame la Taſſe,
Par la fraîcheur, l'éclat de votre émail,
Vos contours enrichis, votre or, votre travail,
M'enlever la premiere place,
Prendre ſur moi le pas, trouver des Dieux meilleurs ?
Ne vous fiez pas tant à vos belles couleurs,
Un teint brun ſe conſerve & la roſe s'efface,
Homere nous le dit à-peu-près quelque part.
Notez que c'eſt Virgile ; Encore paſſe,
Si le mot eût en quelque grace,
Eût été juſte à quelque égard.
Voïez ma taille, ma ſtructure,
Mon air de force & de fierté ;
Et vous, parlons ſans vanité,
Que paroiſſez vous à côté ?
Une fragile mignature.
— Je ne me vante pas, répond modeſtement
La jeune & prudente étrangere ;
Mais attendons le jugement
D'un connoiſſeur : C'eſt ainſi qu'on s'éclaire.

Au même inſtant un connoiſſeur paroît;
Examen fait, marché conclu, on les emporte,
La Cruche eut pour partage un coin près de la porte,
Et la Taſſe brilla ſur un grand cabaret.

Chacun ſe doit meſurer à ſon aune,
Ou, ſi l'expreſſion ſemble un peu déroger,
Diſons, comme au licée, au barreau, près du trône:
C'eſt à ſoi même à ſe juger.

FABLE LIII.

LE GRAND AU LIT DE LA MORT.

Sur un funebre char certain Grand à l'Egliſe,
Devoit de ſes ayeux joindre les reſtes froids;
Du même pied la mort, ce ſpectre pâle, briſe
La porte du Paſteur, & la herſe des Rois.
De l'orgueil, dont ſon ame avoit été nourrie,
A ſon

A ſon heure ſuprême, on le voïoit jouir.
Ne pouvant reculer les bornes de ſa vie,
Lui mort, de ce qu'il fut il vouloit éblouïr.
Auſſi dictant les qualités, les titres,
Dont on devoit charger le funeſte billet;
Soigneuſement il calculoit
De combien d'écuſſons on couvriroit ses lîtres;
S'il l'eût ôsé, cet homme auroit, je crois,
Enfanté son panégyrique :
Exemple singulier, mais qui n'eſt pas unique.
Pour morale contons ce que fit autrefois
Un Empereur comblé de gloire & de richeſſes.
Près de ſentir la Parque exercer tous ſes droits,
SÉVERE exempt des hautaines foibleſſes,
Des faſtueuſes petiteſſes,
Dans le camp voulut qu'un Héraut,
Promenant ſon linceuil au bout d'un javelot,
Criât : » De tant de biens, au moment qu'il ſuccombe,
» Voilà ce que SÉVERE emporte dans la tombe ».

FABLE LIV.

LES ANIMAUX ET LEUR MAITRF.

Un maître intelligent, pour tracer des ſillons,
De forts bœufs ſous le joug aſſembloit une paire;
Laiſſoit par ſes chevaux ſerrer les fenaiſons,
Le bois, le fumier néceſſaire;
Mettoit poules couver pour avoir des poulets;
Pour aſſurer ſa vie & celle des valets,
La nuit lâchoit un dogue; à ſon chat voïoit faire
Au peuple Souriquois la guerre;
Au moulin envoïoit Martin;
(Car quelque ſot qu'on le ſuppoſe,
Il n'eſt ſot tellement enfin
Qui ne ſoit propre à quelque choſe.)
Ordonnoit que maîte Furet,
A Jean Lapin donnât la chaſſe;
Auſſi chez lui tout proſpéroit.
Je le crois bien, chacun étoit mis à ſa place.

En petit voilà l'art de régir les états;
Mais ſi vous choiſiſſez la colombe craintive

Pour charger l'ennemi, pour arrêter ſes pas,
Et les Coqs pour prendre les Rats,
Que penſez-vous qu'il en arrive ?

FABLE LV.

LA PYRAMIDE, LE FOSSÉ, LE RUISSEAU.

Dans un champ une pyramide
S'élevoit faſtueuſement,
Vaſte & funebre monument,
Où la parque homicide,
Avoit empaqueté dans une tombe vuide,
Le peu qui d'un héros nous reſte en l'inhumant.
On l'avoit ſurchargé d'inſcriptions brillantes,
Dettes que le menſonge a bien moins à païer
A l'orgueil qui n'eſt plus, qu'aux paſſions vi-
vantes,
Louanges hors de ſens, mais toujours impoſantes,
Le marbre ſouffre tout ainſi que le papier :
Ni la rouille du tems, ni les vents, ni la foudre
N'avoient pu, dans un ſiécle entier,

En briſer quelque pierre, en rien réduire en poudre ;
Auſſi Dieu ſait ſa morgue & ſon langage altier.
Elle inſultoit de ſon ſublime faîte,
Les Cieux grondans ou-bien pacifiés ;
Que de gens feroient mieux de moins lever la tête,
Et de regarder à leurs pieds !
L'orgueil nuit, mais qui s'en dépouille ?
Il perdit les Titans, Niobe, une Grenouille.
Non loin de là modeſtement couloit
Ce que d'eau l'on nomme un filet,
Mollement retenu par des roſeaux mobiles,
Par un gazon touffu, par des oſiers dociles ;
Un chêne tortueux qui croiſſoit ſur ſes bords,
Reſpecté des hivers, remarquable par l'âge,
Abattu tout-à-coup lui ferme le paſſage.
Pour vaincre cet obſtacle il fait de vains efforts ;
Mais pouvant ſans lutter ſe détourner, alors
Il ſuit la pente qui l'entraîne,
Et le conduit directement
Dans un canton bas de la plaine,
Au pied de notre monument.
Ne pouvant paſſer outre, il tourne, il ſe hazarde,
Attaque les joints, le ciment.

Du haut

Du haut de ſa grandeur Madame le regarde ;
Un Foſſé ſon voiſin lui crie : Eh ! prenez garde.
On vous mine inſenſiblement.
— Qui donc ? — Qui ? Ce ruiſſeau. — Ce ruiſſeau ? Bon , à d'autres.
— Vous riſquez. — Moi ! Fi donc. — Croïez moi. —Nullement ;
Eh ! quelles craintes ſont les vôtres !
— C'eſt un fâcheux qu'il faudroit expulſer.
Votre amour-propre vous abuſe ;
Je puis , ſi vous voulez , vous en débarraſſer.
— Non , non. Vous vous moquez , au contraire il m'amuſe ,
Quand je jette les yeux là-bas ,
De le voir s'élever ſans avancer un pas.
Le Foſſé ſe le tient pour dit. L'onde s'amaſſe ,
Forme une marre , & filtre , & s'introduit ,
D'une lézarde fait une large crévaſſe ;
Une pierre s'ébranle & tombe , une autre ſuit ;
La hauteur , le poids de ſa maſſe ,
A notre Pyramide en ce grand danger nuit ;
Tout croule enfin , tout ſe détruit ,
C'eſt un Ruiſſeau qui la terraſſe.
Tandis que de ſa chûte Echo double le bruit ,
Au travers des débris notre humble Ruiſſeau paſſe.

A tort près du péril l'orgueil eſt endormi;
Il n'eſt point, croïez moi, de petit ennemi.

FABLE LVI.

LES DEUX LANTERNES.

Mon Dieu! laiſſons chacun en paix,
Sans nous mêler de ſes affaires,
Nous avons bien aſſez des nôtres; & naguere
Deux Lanternes nous l'ont prouvé, mais ſans ſuccès.
Toutes deux n'étoient pas contre un mur adoſſées,
Quoique voiſines cependant:
Des cordes, en les ſuſpendant,
Les maintenoient toujours également placées,
L'une en un carrefour expoſée à tout vent,
L'autre à l'abri du portail d'un couvent.
Auſſi pouvoit-on voir la premiere agitée
Par le moindre Zéphir; A plus forte raiſon
Sans relâche, avec force en tout ſens balottée,
Lorſqu'au lieu du Zéphir, c'étoit un Aquilon:
L'autre pour-lors n'étoit que foiblement portée
A droite, à gauche, grace à la maiſon.

Elle entreprend un jour de prêcher ſa voiſine,
A ſa légereté de faire le procès,
Dans le moment précis qu'un Autan la lutine,
Qu'un Ouragan ſe met après.
» Il eſt poſſible, ajoûta-t-elle,
» De réſiſter; Regardez moi,
» Je dois vous ſervir de modele,
» Aux outrages des vents je ſais être rébelle;
» C'eſt que, pour réſiſter, il faut prendre ſur
ſoi «.
La Camarade étoit trop occupée,
Pour réfuter cette réflexion;
Quand tout-à-coup la parole eſt coupée
A la bavarde; adieu ſon élocution.
Le vent tourne & ſoudain vient en direction
Le long du bâtiment gliſſer avec furie;
Il fallut obéir à ſon intempérie,
Sans raiſonner, ſans faire le docteur.

Ceci reſſemble fort à ce qu'on dit des nôtres.
Combien de gens auroient beſoin d'un précépteur,
Qui ſe mêlent pourtant de régenter les autres!

FABLE LVII.

LE LAPIN ET LE CHEVAL.

Deux voiſins différoient & d'eſpece & de goûts;
L'œil fier, étincellant, l'air indompté, ſuperbe,
L'un étoit fils d'un fameux Andaloux,
L'autre mangeur & de thim & de choux,
Autour de ſon terrier, en jouant croquoit l'herbe;
Une même prairie à tous deux ſuffiſoit
Abondamment; quand il plut à l'Alfane
De convier à ſon banquet
Nombre de compagnons : Sous leur dent tout ſe fane.
Le Lapin effraïé dans ſon trou ſe blottit;
Mais jusques à ſa porte on culbute, on ravage;
Tout ſon ſerpolet y périt.
Le lendemain il ſe plaind du dommage,
Le Palefroi refuſe d'écouter,
Chez l'Ours, juge du lieu, Jeanot court rendre plainte,
Au tribunal le fait citer;
Et riche, & grand Seigneur il comparoît ſans crainte.
Malgré ſon droit, le Lapin fut ſanglé;

Car

(Car ici bien ſouvent ce qu'on nomme Juſtice
Eſt l'iniquité même.) Il crie envain « tollé »;
Bien plus l'arrêt en forme, libellé,
Porte que dans le jour il faut qu'il déguerpiſſe.
Adieu ſes Lares ſans appel.
Pour faire exécuter ce jugement cruel,
On nomma Paul Furet Huiſſier en exercice.

C'eſt en faveur des Grands qu'on explique la loi;
Malheur à qui s'attaque à plus puiſſant que ſoi !

FABLE LVIII.

L'HOMME CAUSTIQUE.

J'en demande pardon à grand nombre de gens,
Mais leur eſprit ne me tenteroit guère.
Tous ces jolis Meſſieurs donneurs de coups de dents,
Sont de plaiſans Aſpics à voir de temps en temps,
Mais à ne voir que du parterre.
Certain Alcibiade en vogue de nos jours,
Voleur de grands chemins au païs des amours,

Capable de raiſon, mais par état futile,
Dans un souper verſant le ſel de la gaieté,
Sur le refrain d'un vaudeville;
Aimable enfin avec célebrité,
Par quelque tête à l'évent excité,
Prétendit amuſer les faubourgs & la ville,
En mordant le prochain ſans nulle charité.
Epigrammes, bons mots, libelles,
Ou débités, ou lûs aux toilettes des belles,
Lui valurent bientôt le titre précieux,
D'auteur divin, d'homme délicieux,
Il déguiſoit les noms, mais ſa fidele touche
Peignoit ſi reſſemblant qu'ils venoient à la bouche,
Que les maſques ſautoient aux yeux.
On rioit, c'eſt bien fait; Car pourvu que l'on rie
Qu'importe à quels dépens? Eſt-ce qu'on apprécie?
Près des folles, des fous, des perſifleurs, des ſots,
Qui fait rire a le droit de riſquer cent propos.
L'honnête homme ennuyeux eſt le ſeul que l'on fuie.
Si que chacun laſſé d'être à ſon tour l'objet,
Sur qui tomboit ſa cauſtique férule,
(Car qui n'a pas ſon coin de ridicule?)
A ſa porte donna du Quidam le portrait.
Voïant diminuer, preſque à rien ſe réduire
L'eſſaim de ſes prôneurs jadis toujours croiſſant,

Perdant enfin chaque jour cent pour cent,
Il crut que réformer son ton devoit produire
Un effet opposé ; Mais il n'étoit plus temps,
Bien noté pour un homme à craindre,
Corrigé vainement on l'accusa de feindre,
Et toujours poursuivi par mille mécontens,
Il vieillit délaissé, sans même oser se plaindre.

Alliez la gaieté, l'esprit à la candeur ;
La satyre à la fin diffame son auteur.

FABLE LIX.

LE LION ET L'ASSEMBLÉE DE SES SUJETS.

Plutôt deux avis qu'un. Oh ! d'accord : Mais delà
Ne les inférez pas moins utiles que quatre ;
De cette opinion il vous faudroit rabattre ;
Nous voïons tous les jours la preuve de cela.
Rapprocher cent esprits, c'est chose impraticable.
Le nombre à la raison sert bien moins qu'il ne nuit.

D'une aſſemblée un peu conſidérable
Quel eſt le réſultat ? Rien ſouvent que du bruit.

Un projet paſſa par la tête
Du monarque des Animaux,
Grand projet de réforme & non pas de conquête ;
Quel étoit-il ? Qu'importe ? Il crut fort à-propos
De conſulter quelqu'un de confiance,
Aiant ſageſſe, expérience.
Applaudi juſtement il ne s'en tint pas là ;
Il veut que cinq ou ſix d'un rang conſidérable,
Quadrupedes inſtruits prononcent ; Le voilà
Qui du projet leur montre & le but & la cauſe ;
Diverſité d'avis, grande diſcuſſion
Sur le plan en lui même & ſur l'exécution.
Balbutiage tel, c'eſt le pis de la choſe,
Que le doute s'accroît dans l'eſprit du Lion.
Il convoque ſoudain ſes Barons, ſa Pairie,
Ses Légiſtes les plus fameux,
Ce qui fait qu'on s'entend, que l'on ſe concilie,
L'amour du bien ne vint point avec eux.
Comme ici-bas, où le vice varie,
Prêcher quelque retour c'eſt prêcher au déſert,
Des Sages vainement agirent de concert ;

La noble intention du Prince fut honnie,
Avec grand respect cependant,
Point de réforme en attendant.
Qui dut en souffrir? La Patrie.
Mais qu'elle souffre, ou bien soit asservie,
C'est là depuis longtemps le moindre mal de tous.
On dut cette cabale aux plus minces génies,
Bien en force, soufflant le feu comme chez nous.

La Raison mise aux fers par un nombre de fous,
C'est le tableau des grandes compagnies.

FABLE LX.

MÉHEMET, OU L'AMBITIEUX.

Encor ceci, celà; Rien de mieux en amour:
Il faut accumuler les faveurs, les caresses,
Quand on peut au plaisir dérober ses richesses,
C'est, en volant des fleurs, faire aux Graces la cour,

Mais n'en déplaiſe à l'aveugle Déeſſe,
Elle ne donne pas à ſes adorateurs,
En ſervant même leur ivreſſe,
Le bonheur pur & les grandeurs ;
Regardons Méhemet, avide dès l'enfance
Des titres & des rangs qu'à la cour on diſpenſe,
A force d'intriguer il étoit parvenu,
De dégrés en dégrés à la ſeconde place ;
Mais a peine avoit-il quelque poſte obtenu,
Que vers un plus haut point le portoit ſon audace.
Brûlé par cette ſoif, par ces ennuis rongé,
Sa vie étoit un cercle de ſecouſſes ;
Point d'amour, de plaiſir, de ſenſations douces ;
Voilà pour moi l'enfer en abrégé.
Il vouloit être enfin Vizir ; Le ſort le porte.
Arrivé là, vous le croïez content ?
Non : D'uſurper le ſceptre il attendoit l'inſtant ;
Mais la Parque ſur lui décida d'autre ſorte.

Par de plus grands honneurs toujours être ébloui,
Sans goûter ceux qu'on a, quel funeſte vertige !
Qu'il cauſe de ſoucis ! Que de ſoins il exige !
Auſſi l'Ambitieux meurt ſans avoir joüi.

FABLE LXI.

LES DEUX LIEVRES.

L'ennui de vivre aſſailloit certain Lievre;
Vrai ſplen, que l'on appelle ici conſomption,
Délire anglais, horrible fievre
A la mode à Paris non moins qu'en Albion.
Il n'avoit pas encore eſſaïé de ſe pendre;
Mais peu s'en falloit cependant.
A ſon voiſin, vieux Lievre, un jour il va contant
Ses prétendus chagrins, veut lui faire comprendre
Qu'il faut qu'il aille ailleurs chercher des Dieux plus doux,
Que c'eſt un parti ſage enfin. » Y penſez-vous,
Répond ſon ami véridique?
» Vous prenez le parti que prennent tous les fous.
» C'eſt librement que je m'explique.
» En courant l'Univers de l'un à l'autre bout,
» Croïez-vous échapper à votre bile aigrie?
» Vous changerez de ciel, & puis ce ſera tout. »

L'on ne ſe fuit jamais en fuïant ſa Patrie.

FABLE LXII.

L'ENFANT ET SON PERE.

Sur un drap étendu dans un lieu ſombre & noir,
Où ſe fixoit un cercle de lumiere,
Par la ſimple magie & d'un tube & d'un verre,
A ſon Enfant un Pere faiſoit voir
Le Soleil, Madame la Lune,
Le Diable, avec ſa fourche enlevant la pécune,
La bourſe d'un quidam après un long débat,
Puis venoit une Armée, & puis un Potentat,
Et puis de beaux Meſſieurs, Adam, le Serpent, Eve;
Le Marmot dévoroit cette eſpece de rêve,
Qu'expliquoit lourdement un Docteur Auvergnat.
A quelques jours delà, certaine affaire
A la Cour appelle ſon Pere :
Le Bambin l'accompagne; On le mene au Chateau.
Tout le frappe à-la-fois; Ce ſéjour magnifique,
Des Soldats rouges, bleus; Un Favori nouveau
Que ſuit de ſes flatteurs la troupe politique,
L'eſſaim des Courtiſans. » Ah! dit-il, que c'eſt beau!
» Mon Papa, c'eſt encor la Lanterne magique! »

FABLE

FABLE LXIII.

LA ROSE ET LES PAPILLONS.

Une Rose disoit : » Qu'il est doux d'être belle,
» De piquer tous les sens, d'asservir tous les cœurs,
» De voir à ses genoux nombre d'adorateurs !
» De la beauté la Rose est l'image fidele. »
Ce discours alloit bien à la Reine des fleurs.
Cependant ne jouir que de cet avantage,
Quoique je sois tenté de croire qu'il suffit,
Quoiqu'il m'enchante, enfin qu'il ensorcelle un Sage,
Je pense qu'il est bon ... Mais suivons mon récit.
Un être raïonnant des couleurs de l'aurore,
De celles d'un ciel pur, de celles de l'iris,
Volage fils du printemps & de Flore,
Toujours changeant, toujours épris,
Un grave Papillon, & beau Diseur, surpris
Des attraits de la Fleur nouvelle,
Accourt bourdonner auprès d'elle,
En s'écriant : Dieux qu'est-ce que je voi ?
Jamais rien de si beau ne s'est offert à moi !

Là dessus de battre de l'aile,
Parmi les Papillons c'est faire le gros dos.
La Fleur recueille tous ces mots:
Sa vanité s'en accroît davantage.
Il faut bien païer cet hommage,
Et laisser prendre un baiser sur son sein;
Car sur la défensive est-on toujours enfin?
Le baiser pris, bon soir; Autre Galant succéde,
Puis un troisieme, & puis bref un essaim;
Ils s'avertissoient tous; (en amour on s'entr'aide)
De notre Rose ainsi se passa le matin.
Mais l'heure présente,
Et l'heure suivante
Sont deux: Vient une grêle & tout est dévasté;
Plus de fraîcheur, plus de formes, de graces;
Plus d'amans; O jour détesté!
Pauvre Rose, adieu tout: Mais l'orgueil t'est resté,
On rit de sa douleur, on rit de ses grimaces,
Dans l'ennui, sans ressource, enfin elle vieillit.
Qu'en conclure? Qu'il faut joindre aux charmes l'esprit.

FABLE LXIV.

L'HOMME ET L'HORLOGE.

Du ſoleil certaine rivale,
Dans ſa marche toujours égale,
De ſon cercle marquoit les points exactement :
Jamais Horloge n'eut un meilleur mouvement ;
De Julien le Roi c'étoit enfin l'ouvrage.
Elle tombe en mauvaiſes mains,
Son poſſeſſeur, étrange perſonnage,
Croïant ſes pas inégaux, peu certains,
Dix fois par jour la retarde, l'avance ;
Bien plus, il pouſſe la démence
Juſqu'à vouloir détruire entiérement
Cette eſpece de liqueur graſſe,
Que dans les rouages amaſſe
Le ſimple effet du frottement :
Dès qu'il en apperçoit une trace légere,
Et vîte et vîte il cherche à l'eſſuier,
Il en fait tant que l'Horloge s'altere,
Qu'elle commence à varier,
Qu'il la gâte ; Il en eût à ce jeu gâté mille.
Mais ſur qui croïez-vous que tombe alors ſa bile ?
Sur lui ? Non, mais ſur l'ouvrier.

Certains

Certains maux sont un bien; Mais qu'on le persuade
Au Medecin, comme au Législateur!
En prétendant purger un corps de toute humeur,
On fait d'un homme sain un homme fort malade.

FABLE LXV.

L'HOMME ET LES DESIRS.

Un Gentil-homme avoit une honnête fortune,
Femme fraiche & jolie encor à quarante ans;
Sans caprices bien plus, c'est chose peu commune
Il étoit pere enfin des plus tendres enfans;
Mortel égal aux Dieux, si l'homme pouvoit l'être
Eh bien! Au lieu de jouir de cela,
Le quidam que voilà,
Esclave de desirs toujours prêts à renaître,
Sans cesse envioit
Tout ce qu'il voioit;
Aviez-vous une montre, une boëte, une bague,
Il vouloit la pareille, & n'avoit de repos
Qu'il ne l'eût: Tout ainsi des terres, des châteaux,
Charges,

Charges, meubles, chevaux, bref, pour finir,
j'élague :
Puis dès qu'il poſſédoit, ſurvenoit le dégoût
Qui tourmentoit ſon ame ;
Pendant ce temps point d'argent à Madame,
D'emplois à ſes enfans ; Comment fournir à tout ?
Croïez-vous qu'à ce jeu la fortune s'arrange ?
Graces à tant d'achats, grace au troc, à l'échange,
Il réduiſit en peu ſon bien
A rien.
Mais ce qui plus encor l'afflige,
C'eſt qu'en ſacrifiant ſans ceſſe à ſon vertige,
Il n'éprouvoit jamais de durables plaiſirs.
Eh ! Que n'avoit-il pas en bornant ſes deſirs !

FABLE LXVI.

LA PIE, LA POULE, LE SANSONNET.

Margot babillarde, la Pie,
Briſe raiſon d'ailleurs, ſur le tiers & le quart
Débitoit maint & maint brocard.
Mais une Poule étoit la victime choiſie,
Qu'à chaque inſtant ſa langue outrageoit ſans
égard.
Que fait la Poule? Une folie.
Recueillant ſur l'oiſeau bavard
Les ſecrets de l'école & de la comédie,
Elle ſe répand, les publie,
Et rend en un mot dard pour dard.
Un Sanſonnet lui dit : Y penſez-vous, ma chere,
» A votre bile ainſi devez-vous vous livrer?
» Laiſſez la Pie en paix; Vous gâtez votre
affaire. »
— Quoi! Ne l'entend-on pas partout me déchirer?
C'eſt repréſailles. » — Bon! A d'autres;
» Jamais les torts d'autrui n'autoriſent les nôtres.

FABLE LXVII.

LE LION ET LE BOUL-DOGUE

La vérité peut tout dans la bouche d'un Sage;
Sa vertu se fait respecter;
C'est qu'en dépit de nous elle obtient notre hommage.
Et qu'on craint de punir qui l'ose présenter.

L'empire du Lion tomboit en décadence,
Plus de frein, plus de loix, chacun faisoit sa main.
S'érigeoit en tyran, prêchoit l'indépendance.
Le plus fort seulement dépouilloit son voisin;
Et pourquoi? Le voici: C'est que dans l'indolence,
Les plaisirs, le Monarque oublioit ses sujets,
Ne s'occupoit que d'aimables projets,
D'amour, en un mot de bombance.
Le Sultan Léopard rongé d'ambition,
Trouvant sa belle alors, méditoit en silence
Une soudaine invasion.
Un Boul-dogue, gros chien, respectable par l'âge,
Ses services passés, & par de longues dents,

Sur l'intérêt commun consultant son courage,
Se mettant au dessus de la haine des Grands,
Réveilla le Lion par ce hardi langage :
» Sire, l'on vous dépouille, on usurpe vos droits,
» Votre nom sert partout à voiler l'injustice ;
» Quoique cet antre retentisse
» De l'aveugle respect que l'on doit à vos loix.
» D'où cela provient-il ? La vérité n'est qu'une,
» Elle blesse une ame commune
» Et non les ames des grands Rois.
« Ce désordre est le fruit d'un peu trop de molesse.
» Le Ciel ne vous fit point maître des animaux,
» Pour passer seulement tous vos jours en liesse,
» Pour caresser votre maitresse,
» Chasser, vous reposer, ou manger des agneaux. »

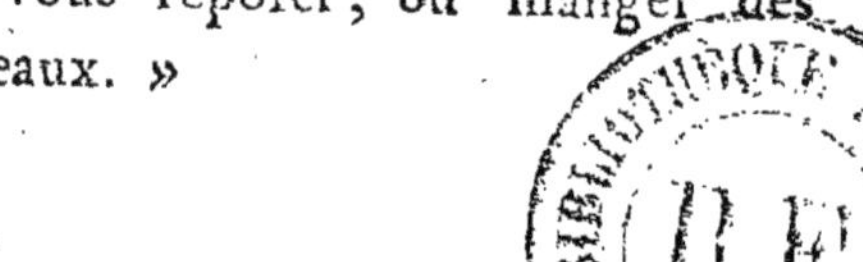

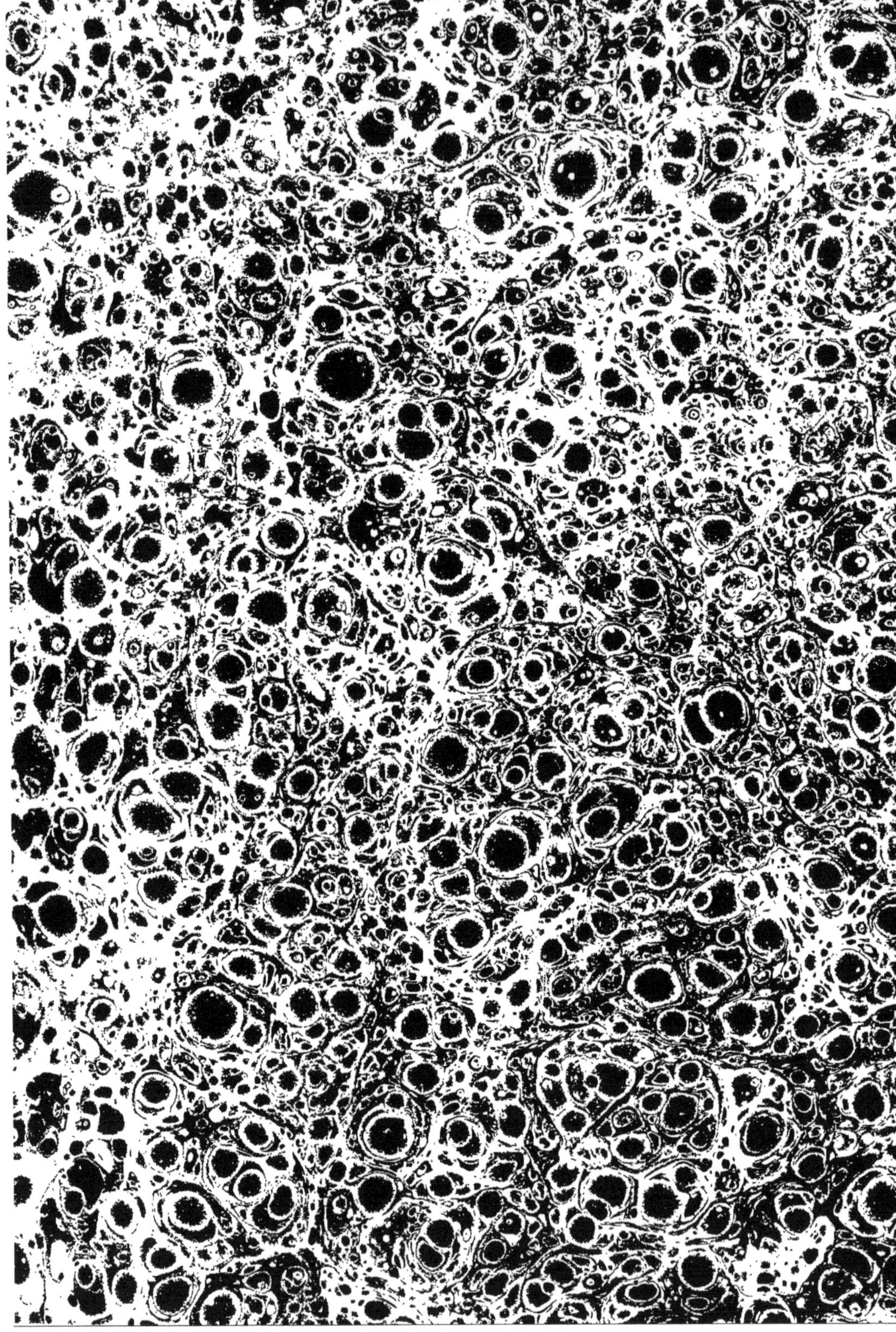

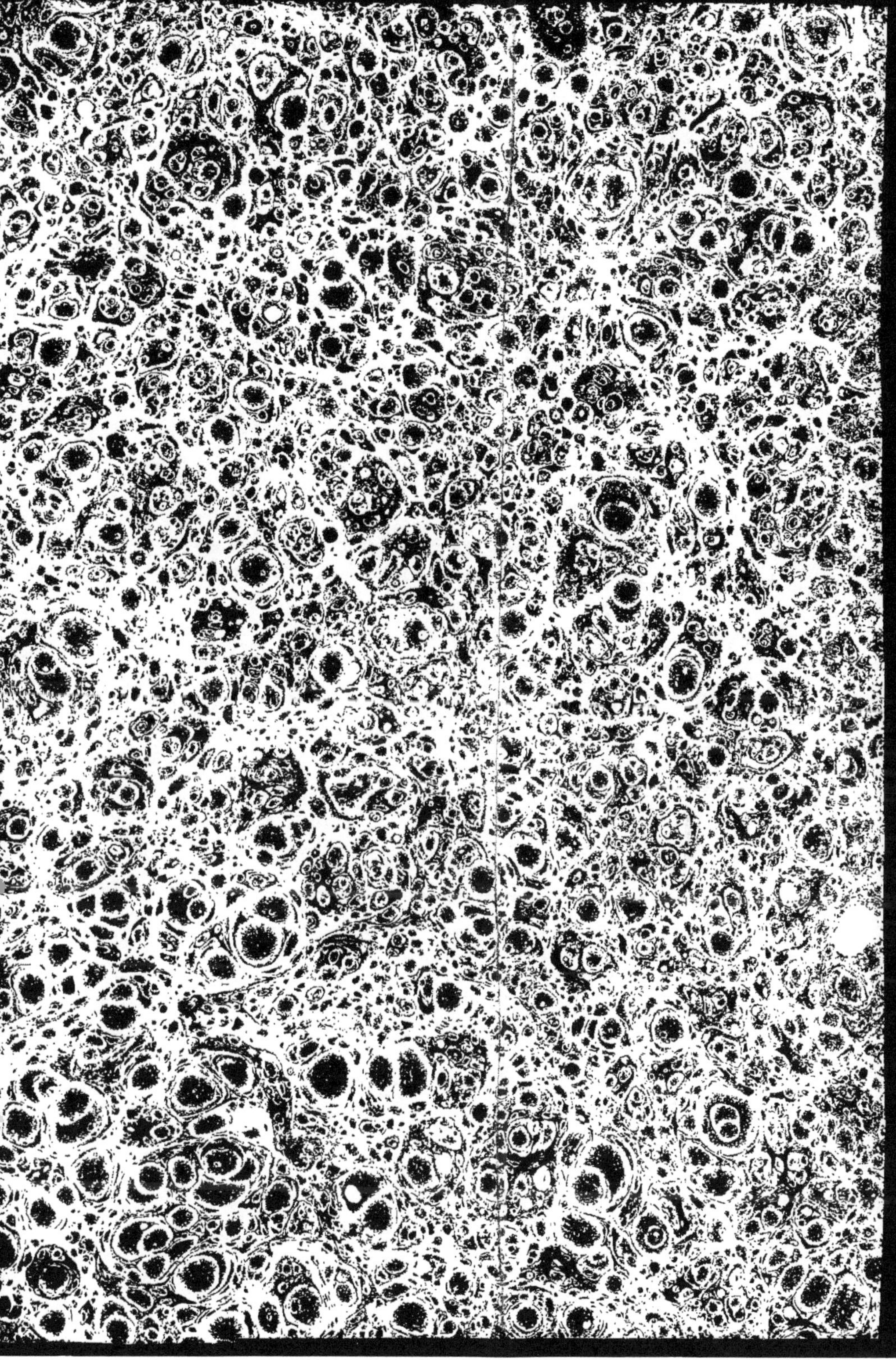

www.ingramcontent.com/pod-product-compliance
Ingram Content Group UK Ltd.
Pitfield, Milton Keynes, MK11 3LW, UK
UKHW020347230726
13925UKWH00003B/1002

9 782013 576772